新潮文庫

キアズマ

近藤史恵著

新潮社版

10469

キアズマ

【キアズマ［chiasma］】

減数分裂の前期後半から中期にかけて、相同染色体が互いに接着する際の数か所の接着点のうち、染色体の交換が起こった部位。X字形を示す。(三省堂・大辞林)

記憶はいつも断片的だ。

日付や状況などを注釈としてつけて、整理しておけるわけではない。俺がはっきり覚えているのは、あの男の顔を赤く照らしていた夕日とか、覆《おお》い被《かぶ》さるようにみっしりと咲いていた桜とか、曲がった自転車のスポークとか、そんなのばかりだ。

今はまだそうなった前後の出来事を、インデックスとして記憶の中に刻み込んでいる。

だが、たぶんそれは時が経《た》つにつれて、どこかに紛れてしまうだろう。

小さなメモが乱雑な引き出しの中で消えてしまうように。そして、そうなったとき最後に残るのは、彼の白い頬を照らした夕焼けの赤さだけなのだと思う。

1

桜並木は陰鬱《いんうつ》だ。

俺は誰に聞かせるでもなく、そうつぶやく。

咲く前はまだいい。膨らんだ小さなつぼみはなにかの予感のようで、ひねくれた性格の俺のことも和ませてくれる。

だが、咲いてしまうともういけない。

白に近いピンクが厚ぼったい層を作りながら頭上を覆う光景に、俺の頭はがんがんと痛み始める。特に、大学に向かうこの坂道は、狭いくせに両側から桜の木が枝を伸ばしていて空まで隠してしまう。

ピンクの塊に押しつぶされそうで、息が詰まる。だから、俺はさっさとこの道を通り過ぎてしまうことにしている。

もっとも、俺の愛車であるトモスは、あまりにも非力だ。エンジンをかけて坂を登っていても、後ろから重力に引っ張られる感じがする。一度、修理に持ち込んだバイク屋のオヤジは、あまりにちゃちな構造に呆《あき》れていた。俺が、トモスと出会ったのは、父の仕事で高校三年間を過ごしたフランスだった。モペットという排気量50 ccの小型オートバイ。要するに日本の原付と同じようなものだが、ひとつ大きな違いがある。

ペダルがあり、エンジンを切ってもペダルをまわして自転車のように漕《こ》ぐことができる。まさに、原付の正式名称「原動機付き自転車」と呼ぶのにふさわしい。

ガス欠になったって、身動きが取れなくなるわけではない。ペダルを踏めば、前に進むことができる。また、オートバイが通れない場所でも、エンジンを切って自転車のように走ることができる。ともかく、自由度が高いのだ。

ガソリンがなければ、単なるお荷物に変わってしまう日本のミニバイクとは、どこかが違う。帰国して、浪人していた一年間も、俺はずっと黄色いトモスで予備校に通っていた。

当然、大学に入ってからもトモスは俺の頼れる相棒になるはずだった。俺が通う新《しん》光《こう》大学は田舎で、しかも駅から遠い場所にあった。

大学近くに部屋を借りれば、アルバイトをするのにも遊ぶのにも不便だ。だから、俺は駅のそばに住むことにして、大学にはトモスで通うことにした。

もっと大きなバイクが欲しいと思ったこともあるが、維持にも金がかかりそうだ。

なにより、トモスに乗っている人間がまわりにいないことが、俺の自意識をくすぐった。自転車ともミニバイクともつかないしゃれた見かけのトモスは人目を引いたし、説明するときにさりげなくヨーロッパ帰りであることをアピールできるのもいい。

そんなことを言うと、鼻持ちならない奴《やつ》だと思われるかもしれないが、十九歳の男が謙虚で慎ましかったら、その方がおかしい。やたら肥大した自意識を持て余しているのが普通だ。

それにフランスでの三年間は、俺にとって地獄だった。

まだ日本の文化や慣習を完全に理解したとは言えない状態で、いきなり異文化の中に放り込まれた。

フランス語も理解できず、フランス人の自我の強さにも悩まされ続け、日本に帰れる日を指折り数えた。そして、やっと慣れて、自分も少しフランス人的メンタリティを身につけた頃、なにもかもがまったく正反対の日本に強制送還されたのだ。

自慢ぐらいできなければ、いいことがなにもない。

正直なところ、いまだに日本には馴染《なじ》めていない。

相手の意見を真っ正面から否定してはいけないとか、政治の話をしても食いついてくる奴は少ないとか、簡単なルールくらいは呑《の》み込めたが、それを意識すると借りてきた猫のようになってしまう。こっちだって楽しくないし、まわりの奴らにも「つまらない男だ」と思われるだろう。だが、反対に好きにふるまえば、まるで猛獣のように空気をかき乱してしまう。

それでもいいと思えるほど、俺は豪快な男ではなかった。

俺は一度、フランスで自分のこれまでの価値観を否定され、ひっくり返されている。自分の価値観など信じられるわけはない。

だから、俺は思っていた。

大学に入っても、たぶん友達はほとんどできないだろう。

たまにひとりかふたり、もの好きが声をかけてきて、そいつとの相性がよければ、ときどき会話する知人になる。そんな程度だろう。

もしかすると俺が桜並木に感じた陰鬱さは、そんな気分の投影だったのかもしれない。もちろんそれは、後になって考えたことで、そのときはただピンクのもわもわするような光景にいらいらしていただけなのだけど。

たぶん、まだ大学に入って一週間も経っていなかったはずだ。

履修表を出すために、あっちの教室、こっちの教室とまわってどの授業を選択するか決める。なにもかもが勝手がわからず、知っている顔もない。

大変なわけではないが、地味に忙しく、そしてくたびれる。

しかも、俺には変にきまじめなところがあり、何事も適当に手を抜くことができない。結局その日も、夕方まで気になる授業を受けてまわっていた。

最後の授業が終わり、リュックを背負って駐輪場へ向かった。空が真っ赤に焼けていた。

バイクで通っている学生は多いらしく、駐輪場にはまだたくさんのバイクが残っていたが、俺のトモスは遠くからでもわかる。モペットはほかのメーカーのものですら置いてない。

俺はトモスにまたがって、ハンドルを握った。ペダルを後ろに踏み込めば、エンジンがかかる。

桜並木の坂道をゆっくりと降りていく。スピードを出すつもりならば、そもそもモペットなどに乗っていない。

風が強い日で、盛りを過ぎた桜が降るように散っていた。

坂を半ばほど下ったときだった。後ろからかすかな金属音が近づいてくる気がした。

次の瞬間、真横を風のように通り過ぎたものがあった。

肩に強い衝撃を受けた。ぐらりと身体《からだ》が傾《かし》ぐのを、足をついて支える。

少し先に、一台の自転車が止まっていて、痩《や》せた男が俺を睨《にら》み付けていた。白いサイクルジャージと黄色いヘルメットが目を引く。

ロードバイクというやつだろう。薄い黄緑のフレームに、細いタイヤがついている自転車。あんなタイヤでは、アスファルトに裂け目でもあれば、引っかかってしまいそうだ。

男は低い声で言った。

「おい、おまえ、今、当たったやろ」

むき出しの関西弁。一番最初に、柄が悪い、と思った。テレビ以外であまり聞き慣れないということもあるが、それでも響きでなんとなくわかるものだ。この男の関西弁は、お世辞にも品がいいとは言えない。

自然に答えていた。

「あんたが後ろから追い抜いたんだろう。俺のせいじゃない」

「なんやと？」

後ろから別の自転車がやってきた。

「おい、櫻井《さくらい》、どうした？」

痩せた男に、声をかける。なぜか、ふたりは揃《そろ》いのサイクルジャージを着ていた。

櫻井と呼ばれた男は、そいつの質問には答えず、俺の顔を凝視している。

「俺はおまえの横を余裕を持って通るつもりやった。おまえがいきなりコースを変えて前に出てきたんや」

そうだったのだろうか。疲れていたし、ぼんやりしていたから覚えていない。だが、それにしたって肩がぶつかっただけのことだ。

「あんまり見ない顔だな。新入生か」

そう言われてはっとした。

彼らが同じサイクルジャージを着ているのは、この大学の自転車部だからではないだろうか。だとすれば、二年以上だということになる。

俺は小さく舌打ちをした。

日本の体育会系クラブが、やたらに上下関係にうるさいことをすっかり忘れていた。フランスでは年齢などそれほど重要な意味を持っていない。

櫻井の眉間《みけん》の皺《しわ》が深くなった。

「なんや、その舌打ち。なにが言いたいねん」

最悪の連鎖にはまっている。

見れば下から、もうひとり同じジャージを着た男が坂を登ってくる。引き返してきたらしい。

三人に絡《から》まれれば面倒なことになる、ととっさに思った。

落ち着いて考えれば、そんなことはすべきではなかったのだろう。だが、いきなり関西弁で怒鳴りつけられたことや、相手がスポーツ系のクラブの上級生だということで、俺は半分、パニックを起こしたようになっていた。

最初から反論などせずに、すいませんと謝っておけばよかったのだ。

「おい、なんで黙ってるねん！」

櫻井は自転車から降りると、いきなり俺の胸ぐらをつかんできた。反射的にその手を振り払う。

そして、俺はトモスのペダルを後ろに踏み込んだ。

バイクのエンジンがかかる。櫻井は驚いたように、後ろに飛び退《の》いた。

走り出してすぐに気づく。彼らが後ろから追ってくる。

しかも、振り返ってみると、必死でというよりも余裕の表情だ。下り坂で前に出ると危ないから追いつこうとしないだけで、本気を出せばすぐに俺をつかまえることなどできるのだろう。

　自転車の知識がない俺でも、どこかで聞いたことがある。ロードバイクだと時速四十キロで走ることも簡単だ。

　しかも、自転車部の連中ならばそれなりに練習も積んでいるだろう。日本のミニバイク以上に非力なモペットで、逃げ切れるはずがない。

　それでも、一度逃げようとしたからには、なんとしても逃げ切るしかない。さっきなら謝って許してもらえたかもしれないが、今はもう無理だ。

　逃げ出して、つかまりそうだから謝るなんて、下策にもほどがある。

　なんとかこいつらを撒《ま》く方法を考えなければならない。

　坂道が終わり、平坦《へいたん》な道路に入る。

　いちばん体格のいい男が、俺の横に並んだ。

「おまえさあ、そんな安っぽい原チャリで逃げられると思うわけ？」

　返事をせずにスピードを上げたが、男は難なく付いてくる。

　後ろを振り返ると、なぜかさっきの櫻井という男がいない。まさかそんなに簡単にあきらめるとは思えない。

「おいおい、制限速度超えてるぞ。どうするつもりだ？」

横を走っている男がにやにやと笑う。

この先に古い家の並んでいる住宅街がある。あの中に入れば入り組んでいるから撒けるかもしれない。最大時速四十五キロのトモスよりも、華奢《きゃしゃ》なロードバイクの方がどう考えても小回りがききそうだが、大通りを走っていても逃げられる可能性は低い。

一か八か勝負に出るしかない。

そんなことを考えていて、一瞬前方への注意がそれた。

「危ない！」

大声が飛んできてはっとする。目の前にトラックの後部があった。

あわててハンドルを切り、急ブレーキをかけた。反動で地面に投げ出され、肩を強打した。

「痛……っ」

「おい、大丈夫か！」

離れたところで騒がしい声がする。

「すぐに救急車を呼べ！」

そこまでするほどではないと思う。頭は打たなかったし、痛いが起き上がれないほどではない。

「大丈夫です……」

そう言いながら身体を起こした俺は、違和感に気づいた。

俺のまわりには誰もいない。なのに少し後方に人だかりができている。

「ともかく、バイクと自転車を除《よ》けろ。意識はあるか？」

そう叫んでいるだれかがいて、俺ははっとした。立ち上がって、痛む肩を押さえながら人だかりの方へ行く。

人だかりをかき分けて、息を呑む。

先ほど、横を走っていた男が倒れていた。ロードバイクと、俺のトモスがその上に重なり、下半身が血まみれだった。


たぶん、俺が手を離したトモスが、制御を失って彼の方に倒れ込んだのだろう。彼自身も焦《あせ》っていて、逃げるのが遅れた。ロードバイクごとトモスの下敷きになってしまった。

幸い、ヘルメットがあったから頭も強く打たず、背骨などにも損傷はなかったようだ。左膝《ひざ》の膝蓋骨《しつがいこつ》骨折と外傷。自転車のディレイラーでの裂傷で出血は多かったが、命に関わるような怪我《けが》ではなくて、ほっとした。

手術が必要かどうかは、今後の診断を待たなくてはならない。俺の責任がどのくらいになるのかはわからないが、それでも保険でなんとかなる程度の事故だろう。

もっとも、だからといって心から晴れやかな気分というわけにはいかない。

自分の不注意で人に怪我をさせてしまったのは事実で、大学生活のはじめからそんな事故を起こしてしまったことに、俺は落ち込んでいた。

彼は、村上文彦《ふみひこ》といって、やはり同じ大学の三年生らしい。

彼が運ばれた同じ病院で、俺も打撲と擦過傷の手当をしてもらい、その日はそのまま帰宅した。

帰ってから、親と保険会社に連絡をして、事故の説明をする。正直、できるだけ親には迷惑をかけたくないのだが、未成年なのに黙っておくわけにはいかない。

コンビニの弁当で遅い夕食をすませ、敷きっぱなしの布団《ふとん》に横になる。打った肩がまだずきずきと痛んだ。

新生活に、それほど明るい希望を抱いていたわけではないが、それでものっけからこんな目に遭うとは思っていなかった。

この先、大学であの自転車部の奴らと会うことになると思うと気分が滅入《めい》る。

ひねくれた考え方かもしれないが、自分が怪我をした方がずっとよかった。それなら被害者として堂々としていられる。

ともかく、明日は病院に村上の様子を見に行かなくてはならない。

そして、会えるようだったら謝る。気が重いが避けて通るわけにはいかない。

俺は電気も消さずに目を閉じた。

明日など、こなければいいのにと思った。


村上は四人部屋のドアの真横のベッドにいた。

俺が頭を下げても、きょとんとした顔をしている。そういえば、昨日も並んで走ったというだけで、じっくり顔を見たわけではない。俺もヘルメットをかぶっていた。

「昨日の……モペットの……」

そう言っても、まだわからないようだ。モペットという単語自体、知られていないことを思い出して言い直す。

「原付に乗ってた新入生です。岸田正樹《まさき》と言います。このたびはすみませんでした」

やっと理解したらしく、「ああ」と頷《うなず》いた。

「まあ、おもしろがって追いかけた俺らも悪かったけどさ。ひどい目に遭ったぜ」

もう一度頭を下げる。頭ごなしに怒鳴りつけられなかったことで、少し肩の力が抜けた。

「どうですか。怪我の具合は」

膝蓋骨骨折は、その状態によって治療法や治るまでにかかる期間がかなり違うらしい。今朝、ネットで少し調べてみたが、後遺症が残ることもあると書いてあって青ざめた。

「まだこれから詳しい検査をするらしいが、最悪だと全治十ヶ月だとさ」

「十ヶ月？」

俺は息を呑む。二、三ヶ月で済んでくれないかと願っていたが、難しいようだ。

「ああ、だとしても入院自体は二週間で済むと言われたが、膝の中に金具を入れて固定して、それを半年経って、また手術で取り出すらしい。その間は、普通の生活ができるとは言っていたが……」

痛い話はあまり得意ではない。身体の中に金具を入れると聞いただけで、背筋がぞわぞわする。

怒鳴りつけられ、ねちねちと責められることを覚悟していたが、村上は普通に話をしてくれた。「俺たちも悪かった」とさっき言ったように、事故の責任が俺だけにあるとは考えていないようだ。

胸に鉄の塊が詰まっていたような気分だったが、少し楽になる。

彼は続けてこう言った。

「こんなことは言いたくないが、恨むぜ」

日焼けした顔に苦悶《くもん》するような表情が浮かぶ。

「十ヶ月と言えば、ほぼ一年だ。今シーズンはすべて棒に振ったようなものだし、治ってすぐに今まで通り走れるかどうかはわからない。場合によっては、後遺症も残ると聞いた」

俺はまた頭を下げる。

「本当にすみませんでした……」

「レースならともかく、公道でこんな大怪我をするなんて、後悔してもしきれないよ」

レース、ということばではっと気づいた。そういえば、村上は自転車部だった。

フランスにいるとき、テレビでツール・ド・フランスをやっているのを見たことはあるし、自転車レースの存在は知っていたが、それだけだ。ツール・ド・フランスの本場だというのに、友人との間で、自転車レースの話題が出たことなどない。サッカーの話は誰でもするが、自転車レースに興味を持っているのは一部の人間だけだった。

日本に帰ってからは、その存在を意識さえしなかった。

フランスでは少なくともスポーツニュースで結果は放送していたし、スポーツ新聞でもレースがあるときにはけっこうなページを割いて、記事が載っていた。だが、日本では地上波のテレビで放映されることもないほどマイナーなスポーツだ。

そんなものがあることすら知らない人間の方が多いのではないだろうか。

「レースに出られるんですか？」

尋ねると、村上に睨み付けられた。

「出られなくなったんだよ。おまえのせいで」

俺は小さくなって、また頭を下げた。

「まあ、こんなこと言っても、もう仕方ないけどさ」

村上はためいきをつくように言った。

「すみませんでした」

「もういいよ。代わりに保険会社から取れるものは取るけどな」

そうしてください、と言うのも妙な気がして、俺はただ曖昧《あいまい》に頷いた。

村上が、思っていたよりいい人だったせいで、今度は怪我をさせてしまったことに対する罪悪感が大きくなる。だから言った。

「なにか俺にできることがあればなんでも言ってください」

村上は一瞬、驚いたような顔をして俺を見た。

その数日後のことだった。

トモスを修理に出している間、俺はバスで学校に通っていた。朝などはいつも大学に向かう学生で満員だから、お世辞にも快適だとは言えないが仕方がない。授業がはじまって半月も経たないうちに、理由もなく休むわけにもいかない。

まだ授業は一般教養がほとんどだが、最初に躓《つまず》くと、この先大学に通うのが嫌になるだろう。自分の性格の駄目なところはよく理解している。

一度やる気をなくしてしまうと、そのままずるずると怠けてしまう。やらない理由ばかりを探してしまうのだ。

階段教室で受ける一般教養の授業は、どれも人数が多い。誰が同じ仏文科かもわからないし、ひとりひとりの顔も覚えられない。覚悟していたが、それ以上に友人を作るのは難しそうだ。

その日の授業を終えて帰ろうとした俺は、校門脇《わき》で声をかけられた。

「おい、岸田」

驚いて振り返る。校内で俺の名前を知っている者などいないはずだ。

校門にもたれるようにして、痩せた小柄な男が立っていた。

「ちょっと話がある。顔かせや」

関西弁を聞いて気づく。櫻井と呼ばれた男だった。

あの事故を起こす、そもそもの原因になった男。あれから会っていないが、正直印象は最悪だ。

村上ならともかく、彼にぺこぺこしなければならない理由はない。

「ここでは話しにくい。こっちにこい」

片手をくいっと自分の方に曲げ、そのまま歩いて行く。人気《ひとけ》のないところに連れて行かれて、殴られてはかなわない。

躊躇《ちゅうちょ》していると、彼は振り返ってなぜか笑った。

「どついたりせえへんからこいや」

俺がなぜためらっているかがわかったらしい。笑うと白い歯がのぞいて、少し幼い顔になる。

俺はそのことばを信じることにした。彼について校舎に戻る。

「学食に行くか。それとも喫茶室にするか？」

「どちらでも」

そう答えると、彼は校舎の脇にある学生食堂へと向かった。入り口にある自動販売機で、紙コップのコーヒーを買い、ひとつを俺に渡した。

午後も遅い学生食堂は空《す》いていた。だからといって、まさか、こんなところで殴られることはないだろう。

櫻井はだらしなく椅子《いす》に座ると、足を組んだ。運動部というと、上下関係や礼儀に厳しい印象があるが、彼の姿勢や仕草は不良少年そのもののようで、ちゃんとしているとは言い難い。

もし、学食でこんな座り方をしている奴を見れば、近くに座りたいとは絶対に思わないだろう。

コーヒー代を請求されなかったのも少し気味が悪い。殴られる覚えこそあれ、コーヒーをおごられる覚えはない。

しばらく、俺たちはなにも言わずにコーヒーを飲んだ。櫻井が紙コップをテーブルに置く。

「おまえさ、自転車部入れ」

「は？」

思いもかけないことを言われて、俺はまばたきをした。

「まだ、どこもサークル入ってへんのやろ。ちょうどええわ。自転車部に入れ」

「嫌ですよ。なんで、そんな」

櫻井は眉間に皺を寄せて、俺を睨み付けた。

「おまえ、村上さんに言ったんやろ。なんでもするって」

「それがなぜ、自転車部に入るってことになるんですか」

「村上さんが言ったんや。岸田がそう言ったから入部させろって。嘘《うそ》やと思うなら、病院に行って聞いてこい」

俺が想定していたのは、入院中に起こる不自由なことの手伝いとかで、サークル活動ではない。それに俺は村上にそう言っただけで、櫻井に言ったわけではない。

「だいたい、なんで入らなきゃならないんですか。まさか、部員が少ないからなんて理由じゃないでしょうね」

彼はけろりとした顔で言った。

「せやねん。部員が少ないねん」

啞然《あぜん》としている俺に彼は話し続けた。

「自転車部は去年、村上さんが作ったばかりで部員は全部で四人しかいない。主にロードレースが中心なんやけど、レースによっては一チーム八人まで出場できるものがある。それなのに俺らはどうやっても四人しか出場できない。これでは勝ち目がない」

彼は腕を組んで背もたれに身体を預けた。

「ただでさえ不利なのに、おまえのせいで部長の村上さんが大怪我や。なんでも自転車に乗れるようになるだけで十ヶ月かかるって話やないか」

返事に困る。たしかにあれは、俺の責任が大きい。だが、そのきっかけを作ったのは櫻井でもある。

「まあ、それは仕方ない。おまえに悪意があったわけやないからな。だが、こっちは散々や。三人でロードレースなんて難しいに決まってる。クリテリウムやヒルクライムなど出られるレースはあるけど、去年からロードレースにいちばん力を入れてきたんや」

専門用語が次々に出てきて理解できない。

「でも、それなら俺を入れるより、経験者をスカウトした方がいいんじゃないですか」

そう言うと、彼は俺を睨み付けた。

「当たり前じゃ。そっちもやってるわ」

「候補者がいるんですか？」

そう尋ねると、彼は即答した。

「おらん」

つまり、困って俺に声をかけたということか。

「俺なんてロードバイクにすら乗ったことありませんよ」

櫻井はにやりと笑って身を乗り出した。

「ええこと教えてやろうか。自転車は大学からはじめたって、才能があればプロになれる競技やで。サッカーや野球は今からはじめても遅いけど、自転車ならまだ間に合う」

いや、プロになりたいとは考えていない。そもそもロードバイクに乗りたいとも考えたことがない。

「俺に才能があるとでも？」

「それは知らん」

無責任だ。要するに頭数が揃えばなんでもいいというわけか。

「俺なんかなんの役にも立ちませんよ」

「そんなことない。風よけでもなんでもおらへんよりはずっとええ」

むちゃくちゃな言い分だ。

「勘弁してください。サークル活動なんかするつもりないんで」

なるべく、人と関わらずに生きていくつもりだった。大学のサークルは人間関係が濃密そうで、想像しただけで息が詰まる。

「おまえ、なんでもするんちゃうんか？」

「村上さんの入院中や、怪我の治るまでのお手伝いということです。サークル活動はまったく別の話じゃないですか」

立ち上がり、背を向けて歩き出す。櫻井は追いかけてこようとはしなかった。そのことにほっとしつつ、肩すかし食らったような気分になったのも事実だ。

学食を出るときに振り返ると、櫻井は同じ姿勢のまま、こちらをじっと見ていた。

思うにあのとき、俺の心にロードバイクというものの存在が刻まれたのだろう。そういうものがあることは知っていても、自分の人生に関係ないものだと考えていた。すれ違ってもそれが周囲の景色から浮き上がってくることはなかったし、それについて語られたことばは、耳を素通りしていった。

なのに、その帰り道、俺は駐輪場にあるロードバイクに目を止めた。視界の中で、それが毛羽立つように存在を主張しはじめる。

意識してみれば、駐輪場にもロードバイクはそこそこあったし、ロードで走っている人もよく見かけた。これまで見えていなかったことが不思議に思えてくる。

世界はほんの小さなことで、一変する。

翌日、俺は手土産を持って村上の病室を訪ねた。

甘いものを食べるかどうかわからなかったが、ほかに適当なものも見あたらず、ゼリーの詰め合わせを駅前の洋菓子店で買った。村上が食べなくても、他人《ひと》にあげることができるだろう。

彼は病室で退屈そうに雑誌をめくっていた。俺を見て、ぱっと笑顔になったのは暇つぶしができるという喜びからだろう。ちらりと見ると、読んでいるのは園芸雑誌のようだった。

「興味あるんですか？　園芸」

そう尋ねると、彼はあからさまに顔をしかめた。

「ねえよ。でも、病院に置いてある雑誌が少ないんだよ。料理の本か園芸雑誌ばっかり。選択肢はふたつだ」

彼は雑誌を閉じると、テーブルの上に投げ出した。

「まあ、しばらく自転車に乗れないし、新しい趣味を作ってもいいかもな。問題は俺の家のベランダには、プランターを置くスペースもないことだが」

「じゃあ、無理じゃないですか」

「鉢植えひとつくらいは置けるかもな」

鉢植えひとつの世話では、趣味と言えるほど時間も取られない。

ふいに、俺は昨夜ネットで調べたロードバイクのことを思い出した。少し検索してみただけのはずが、趣味のサイトが山ほど出てきて、いつの間にか読みふけっていた。販売店のサイトも見た。フレームだけで、俺のトモスよりも高い値段がついているものもあった。

村上はベッドから上半身を起こした。

「元紀《もとのり》の話を聞いたか？」

「元紀？」

「櫻井元紀だ。細っこい、関西弁の」

「ああ、はい。聞きました」

やはり村上が俺を自転車部に入れようと考えたのか。

「で、どうだ。やってくれるか？」

返事に困る。たしかに昨日よりも気持ちは動かされる。

だがそれは、自分用のロードバイクを手に入れて、風を切って走ってみたいと思うというだけで、自転車部に入るのはまた別の話だ。

下級生の間はへこへこと先輩に頭を下げ、そして上級生になったとたんに今までの鬱憤を晴らすかのようにいばり散らすようなことはやりたくない。

俺のこの運動部への憎悪《ぞうお》は、中学の時の柔道部によって築かれ、フランスの合理的な——そして別の意味でひどくシニカルな——教育によって定着した。

運動部に入るくらいならば、手芸部にでも入って女子とパッチワークでもしている方がまだましだ。

俺の表情でなんとなく気づいたのだろう。村上は苦笑した。

「そうか。無理か……」

「すみません。入院中のお手伝いならなんでもしますけど」

サークルなどは想定外だ。

村上は無事な右膝を立てて、そこに腕を置いた。

「なあ、岸田。俺は悔しいよ」

「……すみません」

通常、四年生になればサークルは引退する。就職活動や卒論などで四年生は忙しい。だから、今年は村上にとって最後の一年だったはずだ。それを怪我で棒に振ることになってしまった。

しかも、自転車部は村上が立ち上げたのだという。そこまでの強いモチベーションを持っていたのに、それがすべて無駄になってしまう悔しさは容易に想像できる。

「最後の一年ですよね。本当にすみませんでした」

村上は首を横に振った。

「いや、そうじゃない。俺のことなんか本当はどうだっていいんだ」

彼は苛立《いらだ》つように、右膝を拳《こぶし》で殴った。

「櫻井だよ。あいつには才能がある。あいつをエースにして挑めば、インカレの上位入賞だって狙《ねら》えたんだ。もっと選手の層の厚いチームでなら、優勝だって狙えるかもしれない」

櫻井は村上をさん付けで呼んでいた。一年生だとは思えないから、たぶん二年生だ。

「櫻井さんって二年ですよね」

「そうだよ。だが、一年で入ってきたときから、あいつの実力はずば抜けていた。うちの部の誰も勝てない。だから一年からあいつはエースだった」

正直、そんなふうにはとても見えない。

背もたれに身体を預けて、大股《おおまた》開きで座るだらしない座り方や、巻き舌の柄の悪い関西弁。どれもアスリートのイメージからはほど遠い。

自慢するわけではないが、新光大学はそこそこランクの高い大学で、付属の幼稚園からずっとエスカレーター式で上がってくるのは良家のお坊ちゃんに、お嬢様たちばかりだ。まだ入学してから日が浅いが、彼のようなタイプはほとんど見ない。

村上は俺の顔を見てにやりと笑った。

「そうは見えない、といった顔だな」

「いや、だって……」

「まあ、言いたいことはわからなくもないけどな。でも、だから俺は悔しいんだよ。四人でもあいつにとっては大きなハンデだ。いくら実力があっても、ロードレースはチーム戦で、ひとりで勝てるわけではない。それなのに、三人になってしまえば両腕をもがれたも同然だ。はっきり言って、残りのふたりの実力は大したことない」

つまりは村上の力が大きかったということか。

「でもそこに俺が入ったって、大したことないのが増えるだけですよ」

村上は俺の全身をゆっくりと眺めた。

「岸田。おまえ、スポーツやってただろ？」

言い当てられたことに驚きながら答える。

「小中高と柔道を」

正確には高校でやっていたのは、柔道ではなくフランス語のＪＵＤＯであるが、そこまで説明したいわけでもない。

「どうしてやめた」

返事に困る。話せば長くなるし、気持ちのいい話ではない。村上は俺のそんな表情を読み取った。

「まあ、それはいい。でも柔道なら走り込んでいるだろう」

「ええ、まあ……」

「だったら肺活量や心機能だって鍛えられている。まったく使い物にならないというわけではないさ」

集団でスポーツをすること自体が、もう嫌になったのだ。

そう言いかけたときだった。村上が懇願するような口調で言った。

「一年だけならどうだ？」

思いがけない提案だった。

「今年だけでいい。俺は来年になったら復帰する。自転車部はやめない。だから、今年だけ付き合ってくれ」

四年、もしくは三年、サークルという濃密な人間関係に縛られることは憂鬱だが、一年と期限が切られるのなら、まだ我慢できるかもしれない。

一年生のうちなら、少し単位を落としても後で取り戻せる。

俺の心が動き始めたことに気づいたのだろう。村上は満足げに頷いた。

「おまえの身長なら、俺の自転車でサイズが合うだろう。もう一台あるから一年間使ってもいいぞ」

なぜか心がざわめいた。あの華奢な自転車で風を切って走ることが、すぐにでもできるのだ。

唇が勝手に動いていた。

「わかりました。それじゃ一年だけ」

2

正直なところ、病室を出てすぐに後悔した。

たとえ一年といえど、あの柄の悪い男を先輩と呼んで敬い、毎日のように行動を共にするなんて、想像しただけでうんざりする。

だが、一度口に出したことはもう取り消せない。

もう二度と会わないならまだしも、大学に通う間に何度も顔を合わせることになる相手だ。うやむやにすれば、不快な目に遭うことは間違いない。

喋《しゃべ》り方や外見で判断するべきではないのかもしれないが、特にあの櫻井という男はタチが悪そうだ。柔道をやっていたから、腕力に自信はあるが、ルールに則《のっと》って戦う格闘技と喧嘩《けんか》はまるで違う。あまりいざこざは起こしたくない。

そう思って覚悟は決めたものの、翌日の夕方近くになって、また気が重くなってきた。

一年間やるという約束はしたが、いつからはじめるとは言っていない。今日はもう帰ろうかなどと考えながら九号館の校舎を出たときだった。

「おい、正樹！」

名前を呼ばれて反射的に振り返る。

九号館の脇《わき》の街路樹にもたれるようにして、櫻井が立っていた。その横には、眼鏡をかけた男がもうひとりいる。はじめて見る顔だ。

「どこ行くねん。クラブハウスはこっちやぞ」

俺が向かっていた方向と、反対を指さす。俺はあわててごまかした。

「わからなかったので、調べようと思ったんですよ」

櫻井はそれにはなにも答えずに、すたすたと歩き出した。仕方なく付いていく。

しかし、いきなり下の名前で呼ばれるとは思っていなかった。運動部の先輩というのはこういうものだろうか。

眼鏡をかけた男が、歩きながら人懐《ひとなつ》っこく手を差し出してきた。

「俺は二年の隈田《くまだ》克俊《かつとし》。よろしくな」

「一年の岸田正樹です」

手を差し出すと、力任せにぎゅっと握られてぶんぶんと振られた。

「よかったよ。新入部員が入ってくれて。部長が怪我《けが》をして困ってたんだ」

その部長の怪我の原因になったのが俺だが、隈田は知らないのだろうか。

「よく、ぼくがここにいるってわかりましたね」

「一年生だったら、たいていパンキョーだろうからね」

「パンキョー？」

「一般教養」

ああ、と思う。たしかに一般教養の教室は九号館に集中している。

前を歩いていた櫻井は振り返らずに言った。

「この時間、仏文一年は専門課程の授業がないからな。いるなら九号館に決まってる」

いつのまにか学科まで調べられている。

クラブハウスは、ちゃちなプレハブだった。

前で、髭《ひげ》を生やした男が自転車の手入れをしているのが見えた。

「堀田《ほった》先輩、連れてきましたよ」

櫻井が声をかける。彼のことは、最初に坂道で見かけている。

堀田と呼ばれた男はちらりと俺を見ただけで、クラブハウスの中に入っていった。

どうやら歓迎されてはいないようだ。

村上をのぞいて部員は三人だと聞いていたから、これで全部のはずだ。

クラブハウスの中は雑然としていた。櫻井はダンボール箱を開けて、なにかを探している。

「Mだとキツイな。Lの方がええやろ」

そう言われてやっとサイクルジャージのことだとわかる。

「Lがあるなら Lで……」

太っているわけではないが、身長は百八十三センチだし、肩幅もある方だ。伸縮性のある生地でもMは少しきつい。

「ああ、あった」

投げられた新品のジャージを受け取る。

「更衣室がないから、そこの衝立《ついたて》の陰で着替えろ」

「別にここでもいいですよ」

男なのだから別に見られてもかまわない。

そう言うと、隈田がにやりと笑った。

「レーサーパンツは、パンツを脱いで直《じか》に穿《は》くんだぞ」

「えぇっ」

さすがに親しくもない相手の前で、局部を露出する気にはなれない。大人しく衝立の陰に入った。

着ていたシャツを脱いでいると、上からチューブのようなものが投げ込まれた。手に取ってみるとワセリンだった。

「パッドにそれ塗っとけ。初心者だと股《また》ズレ起こすかもしれないから」

「はあ……」

俺は大人しく言われたとおりにする。

はじめて着るサイクルジャージとレーサーパンツはぴったりと身体《からだ》に密着していて、妙に気恥ずかしい。まるで水着で歩いているような気分だ。

衝立の陰から出ると、櫻井がいかにも口先だけといった口調で言う。

「似合うやん」

嘘《うそ》つけ、と思いながら、とりあえず曖昧《あいまい》な笑みを浮かべた。

櫻井も堀田も隈田も、みんな自転車乗りらしくスレンダーだ。特に、櫻井は腕なども棒のように細い。こういう体型ならば、サイクルジャージも似合うが、俺は全体的にがっしりとしている。無理矢理着せられたようにしか見えない。

「よし、次は自転車のポジショニングや」

櫻井は機嫌良く鼻歌を歌いながらクラブハウスを出て行った。隈田も後に続く。

クラブハウスの中は、俺と堀田の二人になった。

自分も外に出るべきか迷っていると、堀田が俺に一歩近づいた。

外に聞こえないような声で言う。

「俺は認めていないぞ」

返事する暇もなく、彼はクラブハウスの奥に入っていった。

身体を強《こわ》ばらせたまま、立ち尽くしていると外から櫻井の声が聞こえた。

「おーい、正樹！　はよこいや！」

ためいきをつきたくなる。

どうやら、前途多難のようだ。

村上のだという自転車に跨《またが》ってみる。隈田がしげしげと自転車と俺を見比べる。

「身長いくつ？」

「百八十三センチです」

「村上先輩と同じだけど、手足が長いなあ。やっぱ若いからか」

「俺たちとひとつしか違わんやろ」

即座に櫻井がつっこむ。

「俺、一浪してますよ」

そう言うと、櫻井が何度かまばたきした。

「なんや、同い年か。だったら、別にタメロでええで」

「櫻井、やめとけ」

堀田が低い声で制した。

「ほかの新入部員が入ってきたとき、示しがつかない」

「ほかの新入部員なんてきっときませんよ」

櫻井はひらひらと手を振ってみせる。

堀田というこの男も相当感じが悪いし、なにより大柄で眼光が鋭く、顔が怖い。髭を生やしているせいもあるが、とても大学生には見えない。

もし、新入部員が見学にきても、櫻井と堀田が二人で並んでいるところを見れば、あわてて逃げ帰るのではないだろうか。

もっとも、櫻井は第一印象よりもずいぶん人懐っこいし、気さくだということがわかってきた。初対面のとき、いきなり胸ぐらをつかまれたのと、関西弁のせいで、近づかれるとまだ警戒はしてしまうが。

隈田が自転車の高さを調節してくれる。思っているよりも高く、足が地面につかない。

「高すぎませんか？」

「ママチャリやないから、これでええねん。足を伸ばしたとき、ペダルが一番下にくる高さ。これがいちばんペダルを踏むのに力が入る」

「止まるときはどうするんですか？」

「前に降りるか、斜めにして片足をつく。慣れれば簡単や」

つまりは慣れるまでは難しいということか。

「あー、足もでかいな。何センチや？」

「二十八です」

「部長と一緒か。じゃあ今日は部長のを借りたらええわ。フィッティングが大事やから後で買いに行こう」

「スニーカーじゃ駄目なんですか？」

そう尋ねると、堀田が苛立《いらだ》ったような口調で言った。

「おまえ、本当になんにも知らないんだな」

「まあまあ、先輩。新入部員なんですから」

隈田がなだめるように言った。二人のやりとりはそのままに、櫻井が説明してくれた。

「ロードバイクはビンディングペダルや。専用のシューズやないと乗られへん。シューズとペダルをクリートで固定するんや。まあスキーみたいなあんな感じやな」

たしかにペダルには突起のようなものがついていて、さっきからそれが気にかかっていた。

隈田が持ってきた村上のシューズに履き替える。靴の裏に出っ張りがあってひどく歩きにくい。

シューズもウェアも、なにもかも自転車に乗るためのもので、その不自然さにまだ慣れることができない。

「とりあえず乗ってみろや」

ロードバイクをスタンドから外しながら櫻井が言った。

もちろん、自転車には乗れる。トモスだって自転車のようなものだが、トモスなら簡単に足が地面につく。

今目の前にある自転車は、頼りないほど華奢《きゃしゃ》で安定感がない。おそるおそる、フレームに跨り、右足をペダルにかける。何度か足の位置を動かしていると、かちりとシューズがはまる感覚があった。

だが、問題は次だ。漕《こ》ぎ出しながらシューズをペダルにはめ、そのまま走り出さねばならない。

頭でシミュレーションしながら右足のペダルを踏む。身体がふわりと浮き上がり、尻《しり》がサドルに載った。

左足のペダルをはめるのに少し手間取ったが、なんとか漕ぎ出すことができた。信じられないほど軽い。ペダルを軽く踏むだけで、自転車は想像している以上に先に進む。生まれて初めての感覚だった。

これまで乗ってきた自転車とはまったく違う。体重は尻ではなく、むしろハンドルを握る腕にかかっている。

クラブハウス前の小道はあっという間に通り抜け、校舎の前まで出てきてしまう。あわててUターンして、クラブハウスの方に戻る。

気持ちいいのに、もどかしい。もっと広い道を遠くまで走りたい。この自転車とひとつになりたい。

クラブハウスが近づいてくる。自転車を止めようとドロップハンドルを握り直し、ブレーキをかけた。

スピードが落ちると同時に足をつこうとして気づいた。

ペダルとシューズが完全に固定されている。どうやって外すのかがわからない。

「うわ、わ……ちょ……」

立っている櫻井にぶつかりそうになり、必死でハンドルを切った。櫻井は大して動揺もしてない顔で、ひらりと飛び退《の》いた。

自転車はそのまま横倒しに倒れた。

「痛……っ」

倒れながら足首を捻《ひね》ると、やっとペダルからシューズが外れた。

「おーい、生きてるかー？」

隈田ののんきな声がする。俺は半身を起こして答えた。

「なんとか……」

「ま、立ちゴケは誰でも一回は経験する。気にするな」

もう一方の足もペダルから外して、自転車ごと起き上がる。掌《てのひら》と足を少し擦りむいたが、ほかに怪我はないようだ。

隈田は俺の肩をぽんぽんと叩《たた》いた。

「ま、頑丈そうだから大丈夫だろ」

たしかに柔道をやってた経験があるから、普通の人間よりも身体を打ったり、地面に投げつけられることには耐性がある。

櫻井は腕を組んで、俺を凝視していた。

初心者だから仕方ないとはいえ、あまり格好のいい場面ではない。気恥ずかしくて目をそらす。

擦りむいた臑《すね》が痛んだ。


結局その日は、ロードバイクの乗り方や姿勢を教えてもらっただけで終わった。わざわざレーサーパンツにワセリンを塗るほどのことではなかった。

たとえこれまで興味がなかったものでも、新しいことを知るのはおもしろい。ドロップハンドルは下を持った方が前傾姿勢になり、スピードが出やすいということや、ペダルを回すときの引き足の使い方など、へえと思うことばかりだった。

その後、着替えてから、櫻井と隈田に連れられて、サイクルショップに向かった。

黒いTシャツと迷彩柄のカーゴパンツに着替えた櫻井は、どう見てもタチの悪い不良にしか見えない。

一方隈田の方は、チェックのシャツのボタンを丁寧に一番上まで留めている。櫻井と並ぶとあまりにもちぐはぐだ。

不良と子分というか、ヤンキーに連れ回される眼鏡の優等生というか、なかなか不思議な光景である。

俺の方は、Tシャツの上にネルシャツを羽織ったごく普通の格好で、こんな三人組はどう見えるのか、などと考える。

スポーツシューズだから覚悟はしていたが、やはりビンディングシューズは安くはなかった。手頃なもので一万円台、高級品では五万近くするものもある。

貧乏学生には痛い出費だが、それもこれも村上に怪我をさせてしまったのが原因だ。仕方がない。

手頃なものの中からいくつか試し履きをして、フィッティングを確かめる。

店員と隈田のアドバイスを聞きながら、一足を選んだ。

櫻井は少しもじっとしておらず、あちこちの棚からトレーニンググッズを試してみたり、自分もシューズを試し履きしたりしている。

買ったシューズを包んでもらっていると、やっと戻ってきた櫻井が言った。

「おまえさ、なんで倒れたとき、手で地面を叩いた」

「へ？」

唐突に投げつけられた質問の意味がわからない。

「さっき、立ちゴケしたときや。倒れながら地面を手で叩いた」

とっさのことで覚えていない。だが、掌を擦りむいている。櫻井の言うとおりなのだろう。

「手をつく奴《やつ》はよくいるけどな。でも、手をついてそれで身体を支えると、手首や鎖骨を折ることになる。でもおまえは地面を叩くようにして、体重をかけないようにすぐに手を離した。それやと、手首にも負担はかからん」

ああ、と思う。手や足で身体に受ける衝撃を分散するのは、柔道の受け身も同じだ。反射的に身体が動いたのだろう。

「なんとなく、ですよ」

そう言うと、櫻井はにやりと笑った。

「へえ、なんとなく、な」

なぜか、なにかを見透かされているような気がした。

翌日、村上の病室を訪ねた。

午後から手術だということは聞いていたし、その前に顔を出しておきたかった。この前のことを思い出して、差し入れには自転車雑誌を三冊買った。

仕切りのカーテンをがらりと開けたまま、村上はベッドを起こして同じ病室の老人と喋っていた。俺に気づくと、おう、と片手をあげる。

「若者。青春を謳歌《おうか》してるか？」

「はあ……」

相変わらず、どこか調子っぱずれな人である。

雑誌を渡すと、彼は目を輝かせた。

「おお、いいねえ。こういうのが欲しかったんだ」

喜んでもらえたことに安心していると、その雑誌をそのまま俺に突き返してきた。

「でも、これはおまえが読め」

「え、でも、お見舞いに買ってきたんですよ」

「おまえ、自転車のことなんにも知らないだろ」

たしかにそうだ。正直な話、表紙に書いてあるＳＲＡＭだとかカンパニョーロとかいうことばの意味さえわからない。

「で、どうだ？」

たぶん自転車部のことだろう。俺は擦りむいた掌を見せた。こんな怪我をするのはひさしぶりだ。

「あーあ、どうした。立ちゴケか」

にやにやしながらそう言われた。どうやらそう珍しいことではないようだ。

「ほかは大丈夫か。捻挫《ねんざ》とか、まだ痛いところとかは？」

「大丈夫です。あとは臑を少し擦りむいたくらいです」

村上はふいに真顔になった。

「最初に会ったときもちょっと思ったけど、おまえ、頑丈だな」

「まあ、それだけが取り柄です」

趣味でやるはずのスポーツで怪我などしたくない。そう喉《のど》まで出かけたが、これはあまりに村上に対してデリカシーのないことばだと思って呑《の》み込む。

「まあ、俺が無理矢理やらせたようなものだからな。大怪我なんかされると寝覚めが悪い。気をつけて頑張ってくれ」

まだ大して乗ったわけではないが、昨日の経験だけでも自転車というスポーツが決して安全なものではないことがわかる。

もちろん、どのスポーツにも故障はつきものだが、ロードバイクは速度のためにすべてを削《そ》ぎ落としているような気がした。誰でも乗れるようなミニサイクルの安定感もないし、タイヤの衝撃がそのまま尻につたわるから、乗り心地だってよくはない。

そして、その構造こそが、昨日感じたどこまでも行けるような軽さとスピードに繋《つな》がっている。

村上はベッドの上のテーブルに肘《ひじ》をついて俺を見上げた。

「元紀の様子はどうだ？」

「櫻井さんですか？　機嫌よかったですよ」

あんなに人懐っこい男だとは思わなかった。そう言うと村上は一言で切って捨てた。

「ヤンキーはもともと人懐っこいもんだ」

これまでに付き合いがなかったからそういう印象は薄いが、たしかに言われてみればそういう気もしないでもない。

「おまえは、ちょっと気が回りそうだな」

そう言われて、どきりとする。

たしかに、周囲の顔色を読んでしまったり、気を回しすぎるのは俺の悪い癖だ。櫻井とはまったく正反対だと言ってもいい。

昨日、いきなり「正樹」と呼ばれて驚いた。俺ならば、よっぽど親しくならなければ名前では呼べない。

「ちょっと櫻井の様子に気を配っておいてくれ。正直な話、隈田と堀田はガサツだからそっち方面はまったく当てにならない」

「様子……ですか？」

櫻井こそ、繊細さの欠片《かけら》もあるようには思えない。

不思議そうな顔をしている俺に、村上は力のない笑みを浮かべた。

「ああ見えて、ちょっと気難しいところもあるんだ。少し付き合えばわかる」

村上は妙に、櫻井のことを気にしているようだ。

才能があると言っていたから、それに惚《ほ》れ込んでいるのだろうか。

「村上さん、保護者みたいですね」

「ああ、お節介だといつも言われるがな」

若い看護師が村上を呼びにきた。どうやら手術前の検査があるらしい。

村上はベッドから降りて、松葉杖《まつばづえ》を手にした。

「じゃあ、雑誌持って帰れよ」

「はい。お大事にしてください」

椅子《いす》から立ち上がって、出て行く村上を見送った。

そういえば、堀田のことを相談しようか迷っていたことを思い出した。

まあいい。相談したからといってうまくいくかどうかわからない。むしろよけいにこじれてしまうことだってある。


バスがすぐにきたので、二時限目にはなんとか間に合った。

といっても二時限目は仏語1で、もともと休んでもいいと思っていた。仏文科には必修科目だが、三年間フランスに住んでいたのに、今さら être や avoir からやる気にはなれない。

だが、出席も単位に考慮されるから、出られるのなら出ておきたい。半分、惰眠を貪《むさぼ》るつもりで、教室へと向かった。

階段教室にはすでに大勢の学生が座っていた。空いている後ろの席に座ろうとしたときだった。

「おい、正樹！」

前の方から名前を呼ばれた。もしやと思って顔を上げると、櫻井がぶんぶんと手を振っていた。

二年生がなんで、と考えながら、無視するわけにもいかずに、彼の方に近づく。櫻井もひとりだったから、挨拶《あいさつ》をして隣に座る。

「どうしたんですか、二年ですよね」

「去年、単位落としてん。しゃあないから、今年は1と2と両方受けてる」

この大学は卒業するまでに、規定の単位をすべて取ればいいというシステムだ。必修科目を落としていても、進級はできる。

ノートと筆記用具だけを机に出すと、櫻井がそれをちらりと見た。

「教科書は？」

「まだ買ってないんです」

正直、どうしようかと思っていた。たぶん教科書がなくても仏語1の単位は取れるはずだ。だが、教科書を持っていないと講師の印象が悪いかもしれない。

「まだ買ってないなら、二年で売りたがってる奴おるで？」

なるほど、古本なら買ってもいいかもしれない。

「安かったら買います。汚い本でもいいんで」

「よし、聞いといたるわ」

なるほど、サークル活動をして上級生と知り合いになると、こういうメリットもあるのか、と考える。

講師がやってきて、授業がはじまる。予想していたがやはり、être動詞からスタートだ。退屈なことこの上ない。

見れば、櫻井は真剣な顔で、前のめりになってノートを取っている。また意外な一面を見た。

やることがない分、ぼんやり眺めていると、彼がこちらを向いた。

「なんや」

「いや、けっこうまじめなんだなあと思って……」

先輩にそんなことを言うと睨《にら》み付けられるかもしれないが、昨日、櫻井は敬語を使わなくてもいいと俺に言った。そんなことでは怒らないだろう。

「アホやからな。勉強せんとついていかれへんねん」

「はあ……」

そんなことはないでしょう、と言えるほど彼のことを知っているわけではない。だが、俺が一浪した大学にストレートで入っているのだから、頭が悪いとは思えない。

授業が終わると、櫻井は頭陀袋《ずだぶくろ》のような鞄《かばん》にさっさと教科書とノートを入れて、「また後でな」と言って去っていった。

やはり、かなり変わった人だと思う。

村上の言ってたことばを思い出す。

——ああ見えて、ちょっと気難しいところもあるんだ。

だとすれば、二重三重に煙幕が張られているような感じだ。しかも、村上のことばを信じれば実力もあるという。

次第に、櫻井に興味を持ち始めている自分に気づく。

自転車部に入ることになったときには、面倒なことになったと思ったが、これもまた出会いなのかもしれない。

どんなことに関しても後ろ向きな方なのに、そう感じられる自分が不思議だった。

三時限目の授業を終えてから、クラブハウスに向かう。

三人の先輩はすでに集まっていた。三畳の畳を敷いたスペースで、だらだらと携帯などを弄《いじ》っている。

俺が昔から抱いている運動部のイメージとはずいぶんかけ離れている。

「おう、きたか。今日こそがっつり走るぞ」

隈田がそう言って立ち上がる。

昨日買ったシューズやソックスは鞄の中に入っている。ほかにもサングラスやグローブなど、これから揃《そろ》えていかなければならないものはたくさんある。ヘルメットやハートレートモニターは、村上のものを借りている。

三人はすでに着替えていたので、俺も衝立の陰に入ってサイクルジャージに着替えた。

ちゃんと部屋が分かれているわけではないから、三人の話し声はそのまま聞こえてくる。

「ヒルクライムのトレーニングに行こうぜ」

そう言っているのは堀田だ。

「正樹にはまだ早いんと違いますか？」

櫻井が心配そうにそう言うのが聞こえる。

「大丈夫だろ。別に揃ってハイペースで登るわけじゃない。それぞれのペースで登ればいい。あいつがどのくらいやれるか見たい」

「あいつ、柄もでかいし、相当体重重そうですよ。すぐにバテるかもしれませんよ」

少し高いのは隈田の声だ。

「もう少し絞った方がええかもな……」

櫻井が独り言のようにつぶやく。

専門用語もこのくらいなら、想像はつく。ヒルクライムというからには坂道を登るトレーニングだろうし、絞るというのは減量するということだろう。

少し不本意だ。たしかに身体はでかいが、別に太っているわけではなく、筋肉質なだけだ。痩《や》せろなどと言われたことはない。

だが、櫻井や隈田たちの体型を見ていると、筋肉の付き方もほかのスポーツとは違う気がする。自転車向きの体型というのはあるのかもしれない。

着替えて出て行くと、真っ先に堀田が言った。

「三十分ほど走ったところに、トレーニングにちょうどいい坂道がある。そこに行くぞ」

有無を言わせぬような口調だった。

なんとなくわかった。堀田は村上が事故にあったいきさつを見ている。たぶん、それもあって俺のことをよくは思っていないはずだ。

いきなりハードなことをやらせて、俺を叩きのめしたいのだろう。ロードバイクに乗った経験がほとんどなくても、坂道は体重が軽い方が有利だということは簡単に見当がつく。

筋肉質な分、俺の体重は余計に重い。体力と運動神経には多少自信もあるが、不得手な分野では戦えない。

まあ、俺も好きで自転車部に入ったわけでもないし、櫻井や堀田に勝ちたいと思っているわけでもない。叩きのめされたところでプライドが傷つくわけではない。

ただ、少ししゃくに障《さわ》るだけだ。

昨日と同じようにロードバイクに跨る。スピードを出す前に、一度ビンディングペダルのクリートを外して止まる練習をしてみる。今日はスムーズに止まれた。

慣れるまでに多少時間はかかるかもしれないが、感覚をつかんでしまえばそう難しいわけでもなさそうだ。

四人で縦に並んで走り始める。公道に出るのははじめてで少し緊張する。

車道を自転車で走るのもはじめてだが、車の横をすり抜けるのはトモスのときと同じだから違和感は少ない。

だが圧倒的に身体が軽い。ほんの少しペダルを踏むだけで、ロードバイクは羽根でもついているかのように軽やかに進む。

こんな乗り物ははじめてだ。昔乗っていた自転車ともまったく違う気がする。もちろん、エンジンのついたモペットとも。

不思議なことに、俺以外の三人は交代で前に出たり、後ろに下がったりしている。観察していると、櫻井が俺の横に並んだ。

マ 「先頭交代や。こうやって空気抵抗を分担する。一番前で走るのと、それより後ろで走るのとでは労力が全然違う」

ズ まだ、俺が不思議そうな顔をしていたのだろう。サングラスの下の目が悪戯《いたずら》っぽく輝く。

ア 「いっぺん、前に出てみろや」

キ 言われたとおり、俺は前を走る隈田を追い抜いた。

全身に風を感じて、ペダルががくんと重くなる。あまりの劇的な変化に、驚いた。

すぐに櫻井が前に出る。全身に感じていた風の抵抗が、急に弱まる。

空気というものが、こんなに重いものだとはじめて知った。ちゃんと質量を持った壁のように目の前に立ちはだかる。

こんなに違うのなら、交代しないで走れば疲労度に差が出てもおかしくはない。

平坦《へいたん》な道を一緒に走っている限り、櫻井と残りの二人との違いはほとんど感じない。特にフォームが美しいわけでも、ペダルを回す足が速いわけでもない。

走り込んでいるのか、先頭交代のローテーションは三人ともスムーズだ。

そうこうしているうちに山が近づいてくる。

「あそこの山頂までが三キロとちょっとだ。小手調べにはちょうどいい距離だ」

堀田がそう言う。

たぶん、大学からここまでは十キロ近く走っているだろう。まだ大して疲れてはいない。それを思うと、三キロくらいなら大したことはないように思えるが、トモスのペダルを踏んでいても、平坦な道と坂道とではまるで違う。俺は気持ちを引き締めた。

「普段なら俺たちは三回は繰り返して登る。だが、おまえはまったく専門のトレーニングをしてないから、今日は一回でかまわない。どのくらい行けるかだけ見せてもらう」

「はあ……」

「自信はあるか？」

堀田にそう聞かれて苦笑いする。

「いえ、全然」

よっぽど急勾配《きゅうこうばい》でなければ足をつかずに登るくらいの体力はあるだろうが、速さという点ではまったく自信はない。というより速さを意識しながら自転車に乗ったこと自体がない。

櫻井はもううずうずしてたまらないような表情で、俺たちを待っている。

「早よ、行こうぜ！」

目が輝いて子供のような顔になっている。

俺たちも櫻井の横に並んだ。

「時間を計れよ。何分で行けたか、あとで聞くから」

言われたとおりに、ハートレートモニターについているストップウォッチをセットし、いっせいにスタートする。

櫻井が一足早く飛び出した。リズミカルにペダルを踏みながら、坂を登っていく。続いて堀田。それから隈田。やはり、俺は一番最後になってしまう。

当然だ。俺はこれまでロードバイクで坂を登る訓練など、まったくしていない。勝てるはずなどない。

だが、こうやって自分がいちばん後ろについてみると、逆らいがたいような強い衝動を感じる。

――マケタクナイ。

誰にも。どんな奴にも。

三人はどんどん俺を引き離していく。ここまでくるときには、いろいろ俺を気遣って説明してくれた櫻井も、坂に入ってしまえば知らん顔だ。

闘争心が身体の中で暴れはじめる。しばらく忘れかけていた感覚だった。

踏み込むペダルはひどく重い。平坦な道を走っているときの、あの軽やかさが夢だったように思えてくる。

歯を食いしばってペダルを踏む。有酸素運動では無理は禁物だ。それは知っているが、はやる気持ちは抑えられない。

三人の背中はどんどん遠くなっていく。距離が少しも縮まらない。

息が弾みかけたとき、ハンドルを握っていた指がなにかレバーのようなものに触れた。

なんだろう、と思いながら、そのレバーに指をかけて握り込む。

カシャッとなにかが切り替わる音がして、急にペダルが軽くなった。

驚くと同時に気づいた。ギアチェンジだ。ディレイラー、つまり変速機がついていることをすっかり忘れていた。

もう一度レバーを引くと、またペダルが軽くなる。どうやらもっとも重いギアでずっと走ってきたようだ。引き離されるはずである。

俺はシフトチェンジを繰り返して、いちばん軽いギアにした。

ペダルを回すごとに進む距離は少ないが、それでも軽やかに進んでいける。

ギアを軽くしたことで、足はまた動き始める。遠かった白いサイクルジャージの背中が、少しずつ近くなってくる。

どうやら前を走っているのは堀田のようだ。俺はまたペダルを踏み込む速度を上げた。

まだ余裕はある。息が切れるほどではなく、でも身体はどんどん熱くなっていく。もっと自分を追い込みたくなるが、理性でその気持ちを抑え込む。

一度、息が上がってしまえば、整えるのに時間がかかる。スパートをかけるのは、ゴールが見えてからだ。

堀田の背中がどんどん近くなる。俺はまたスピードを上げた。

気配を感じたのか堀田が振り返った。目が丸くなる。

「失礼します」

そう言いながら、俺は堀田を追い抜いた。少し先に隈田がいる。次の目標はあの背中だ。

ヘルメットの中が熱く、脱ぎ捨てたいような欲求がこみ上げてくる。

ボトルケージの水をひとくち飲んで、それを堪《こら》える。

走っていると、勾配が急にきつくなった気がした。見た目には微妙な差しかないように思えるが、足に伝わってくる抵抗は嘘をつかない。

隈田は少しよたつきながら、坂を登っていた。後ろからでも軽くバテているのがわかる。

乗っていてわかる。強く踏み込まなくても、くるくるとペダルを回すだけで、自転車は勝手に先に進んでいく。ペダルとシューズが固定されていなければ、もっと力が必要なはずだ。たとえ、止まるのに不便でもビンディングペダルのほうがいい。

俺は黙って、隈田を追い抜いた。

「え、え？　ちょ、ちょっと……」

隈田が焦《あせ》った声を出したが、振り返らずにそのまま進む。この先に櫻井がいるはずだ。

勝てるとは思わないが、せめてどのくらい差があるのか知りたい。どのくらい頑張れば追いつくのか知りたい。自然に足が限界を超えて動き始める。息づかいが乱れる。

三キロの坂道ならば、もう残りは少ないはずだ。多少、無理をしてもいい。

予感は当たった。少し先に頂上が見え始める。もう五百メートルもないだろう。

櫻井はガードレールにだらしなくもたれて、空を眺めていた。

俺が登ってくるのに気づく。堀田も隈田も驚いたのに、櫻井は驚かなかった。

ただ、いつもの人懐っこい顔で笑っただけだった。

「おお、やっぱりきたな」

まるで俺が二番目に登ってくることを知っていたような顔だ。

俺は息を弾ませながら、坂を登り切った。シューズをペダルから外して足をつく。

そのままボトルの水を一気に飲んだ。

ストップウォッチを止めた櫻井が、笑顔で言う。

「十二分か。悪くないで。慣れてないのに、上出来や」

俺は呼吸を整えながら尋ねた。

「櫻井さんは……どのくらいで、登るんですか……？」

「なんや、負けず嫌いやなあ。そんな変わらへんで。俺は十分二十秒くらいや」

一分半ほどの差。だが、三キロでこの差がつくのだから、長距離ではもっと差が出るはずだ。僅差《きんさ》ではない。

二分ほどして、隈田と堀田がやっと登ってきた。堀田が俺を睨み付ける。

「おまえ、初心者なんて嘘だろ」

「嘘じゃないです」

そう答えると、櫻井がなぜか身体を曲げるようにして笑った。

「櫻井、どうした？」

「堀田先輩は、こいつの原チャ見ましたよね。あのペダルついた、変な原チャ」

「モペットです」

俺は不機嫌に訂正する。

「おまえ、あれにどのくらい乗ってるんや」

指を折って数える。

「ええと……たぶん三年半くらいです」

「あれ、エンジンかけても乗るけど、ペダル漕いで、自転車としても乗るんやろ」

「そうですよ」

特に浪人中はガソリン代が惜しく、体力のあるときはずっとペダルを踏んで乗っていた。バイクとしてエンジンをかけるのは、疲れているときと急いでいるときだけだった。

堀田が不思議そうに尋ねる。

「それがどうしたんだ?」

櫻井はそれには答えずに、俺に言った。

「なあ、あの原チャ、何キロくらいある?」

なぜ、そんなことを聞くのだろう。重さは普通の原付とほとんど変わらない。

「五十キロくらいじゃないですか?」

なぜか、隈田が目を丸くした。

「マジかよ……」

櫻井はにやにやしながら話し続けた。

「安っすい一万円くらいのママチャリで十五キロくらい。電動アシストサイクルでも二十五キロくらいか。で、このロードがせいぜい七キロちょいかな?」

どうりで軽いと思った。櫻井は、ハンドルに手をかけながら俺の顔を見て笑った。

「なあ。俺は絶対、おまえは足が強いと思ってたで」

村上が退院してきたのは、二週間ほど後だった。

手術は上手《うま》くいったが、一度金具を入れて、半年後にそれをまた手術で取り出すという処置のため、スポーツができるのはまだ一年以上先のことだという。

松葉杖をついてクラブハウスにやってきた村上は、妙に上機嫌だった。

「聞いたよ。岸田、おまえ、かなりいい線いってるらしいな」

二週間、自転車に乗ってすでに気づいていた。俺はこのスポーツに向いている。

櫻井にはまだ少しも勝つことができないが、何年も乗っている隈田や堀田よりも速く走ることができる。

村上は、部員たちの顔を見回してから誇らしげに言った。

「今年こそ、九月のインカレ、上位に行けるかもしれないぞ」

3

頭の中が一色に染められてしまったようだった。

自転車のことしか考えられない。授業に出ていても、テレビを見ていても、頭の中にはいつもロードバイクがあった。

トモスは修理から帰ってきたが、あれから一度も乗っていない。

学校に行くのもロードバイクだった。多少体力は使うが、トモスよりも早く着く。欠点と言えば、雨の日が不快なことぐらいだろうか。濡《ぬ》れるのはトモスでも同じだったが、汗をかくからウインドブレーカーの中が蒸れて気持ちが悪い。

だが、それを我慢してもロードバイクに乗りたかった。

風を切る感覚や、自分の足と速度がダイレクトにつながる達成感、身体《からだ》が自転車と一体になる喜びなどが、俺を捉《とら》えて離さない。

これまで興味のなかったことだから、知ること、覚えることも山ほどあって、それが俺の好奇心を惹《ひ》きつけた。

これまでは、パンクの修理さえ自分でやったことがなかった。パンクすれば、自転車屋に持ち込んで修理してもらうのが当たり前だと思っていた。

中学生のとき乗っていた自転車は洗ったことすらなかったかもしれない。

今は自分で洗車する。長い距離を乗った後は、水で洗い流し、ディレイラーにグリスを差す。パンクすれば自分でチューブを替える。

どれも最初は面倒だと思ったが、慣れれば簡単だ。

自分でメンテナンスをすると、ロードバイクというのがいかにシンプルな構造になっているのかがわかった。しかも、規格がちゃんと決まっているから、パーツを自分好みに変更することが可能なのだ。

村上の許しをもらって、俺はサドルを新しいものに替えた。彼に返すときにはもとのサドルに付け替えればいい。

長時間乗るのだから、サドルのフィット感は重要だ。乗り始めた当時は悩まされた尻《しり》の痛みも、サドルを替えることでかなり軽減された。

それにしても、ロードバイクに乗るようになって、自分の自転車に対するイメージがいかに偏《かたよ》っていたか思い知らされた。

サドルだって、そんな高いものではないと思っていたが、中には五万とか、オーダーで八万を超えるというものもあった。俺が買ったのは二万くらいのものだったが、それでもホームセンターに行けば、同じ値段でふつうの自転車が買えてしまうだろう。

なにより、ホームセンターで一万円くらいで売っている自転車も、数十万円のロードバイクも、基本的な構造自体はほとんど変わらないところが美しいと思った。

ひとつひとつのパーツやフレームの素材やかたち、そのごくわずかな差が、そのまま乗り心地の差、速度の差につながっていく。

ちゃんと乗りはじめてから一ヶ月も経《た》っていないのに、俺はもう自分の自転車が欲しくなってきた。

安いものではないから、夏休みに集中的にアルバイトをして、それで買うつもりだった。

入学してすぐに見つけようと思ったアルバイトも、まだ探していない。自転車部に入ることになったのは、自分でも予想外の出来事だったが、練習自体は一日二時間くらいで終わる。やろうと思えば、夜の居酒屋のバイトくらいはできる。

だが、それよりも俺の頭の中を自転車が占拠してしまっていたのだ。

アルバイトをするより、少しでも長く走りたかった。

部の練習が終わった後も、俺はロードバイクであたりを走っていた。

買い物や映画を見るために街に出るときも自転車だった。走ってしまえば十五キロ、二十キロくらいの道のりは、大した時間はかからない。

ランニングならば、一時間も走ればへとへとだが、自転車での一時間はよっぽど自分を追い込まない限り、それほど疲れるわけではない。

そして、そうやって毎日走っていると、結果ははっきりと出てくる。

タイムは計るたびに速くなっていき、同じ坂も登るたびに苦しく感じなくなってくる。

食事制限などしなくても体重は減り、なまっていた身体にも筋肉がついてくる。

自転車部の仲間とはまだ打ち解けたとは言えないが、少なくとも彼らには、俺が耐えがたいと思っていた体育会系の空気はなかった。

堀田が俺のことをまだ敵視しているのが、たったひとつの問題だった。

だが、そんなことも気にならないほど、俺はロードバイクにのめりこんでいた。

自分がこんなに熱い人間だとはこれまで知らなかった。

四月の終わりが近づいてきていた。

ゴールデンウィークに、俺は実家に帰ることにしていた。連休の間にぽつぽつとある平日もすべて休講で、学校にはほとんど用事はない。

自転車部の方は、五月三日にある市民レースに出るらしい。エントリーしたときにいなかったから、俺は出られない。

俺の初陣《ういじん》は六月になる予定だった。

実家は葉山で、距離としてはそれほど遠いわけではない。休み中、ロードバイクに乗れないのもつまらないから、実家には自転車で帰るつもりだった。

向こうは景色もいいし、海沿いをずっと走るのも気分が良さそうだ。

村上にそう言うと、彼はにやにやと笑った。

「岸田、おまえ俺の自転車を、酷使するなあ」

そう言われて、俺はやっと自転車が借り物だったことを思い出した。

「すいません。図々《ずうずう》しかったです」

自転車部にまわされる予算はそう多くない。揃《そろ》いのジャージを作るのが精一杯で、自転車やシューズ、ヘルメットなどはすべて私物だ。

「いや、いいんだ。冗談だよ。使ってくれ。どうせ俺は乗れないし、おまえがやる気を出してくれて、本当にうれしいんだ。運動神経はよさそうだなと踏んでいたが、ここまで使えるとは予想外だったよ。自転車なんか使い潰《つぶ》したってかまわない」

その口調に嘘《うそ》はなさそうだった。

「本当にいいですか？」

「ああ、いいよ」

自分が作ったからだろうか。村上は自転車部にかなり思い入れが強いようだった。顧問の教師はいるが、めったにクラブハウスにも顔を出さない。名ばかりの顧問で、ロードバイクにも乗ったことがないのだと、前に聞いた。もちろんコーチもいない。村上が毎日やってきて、タイムなどをグラフにして記録をつけている。コーチのようなものだ。

部長とはいえ、そこまで入れ込むことができるのが不思議だった。

連休前の最後の練習が終わり、着替えて帰ろうとしたときだった。

「おい、正樹」

櫻井が着替えながら、俺を呼び止めた。

「なんですか？」

「ちょっと待ってろや」

いつもは着替えたものから帰っても、特に文句は言われない。

しばらく待っていると、Tシャツとカーゴパンツに着替えた櫻井が衝立《ついたて》の陰から出てきた。俺に紙袋を差し出す。

「なんですか？」

「ロードレースのDVD。イメージトレーニングが大事やから連休中に見ろ。貸したるわ」

驚いて袋の中を見る。

たしかにDVDが十数枚入っている。ツール・ド・フランス、ジロ・デ・イタリア。中には十年近く前のものもある。

たしかに興味はある。

「ありがとうございます。でもこんなに見る時間は……」

「別に返すのはいつでもええよ。せっかく持ってきたんやから、持って帰れや」

「ありがとうございます」

なんとなくうれしくて言った。

「前から好きなんですか。ロードレース」

「あ？」

櫻井は顎《あご》をしゃくるようにしてこちらを見た。眉間《みけん》に皺《しわ》が寄っている。気に入らないことを言われたときの顔だ。

ちょっと戸惑うが、悪いことを聞いたつもりはない。

「ずいぶん前のがあるから……」

「おまえに関係ないやろ」

けんか腰のような口調。

別に揉《も》めるつもりはない。俺は尻尾《しっぽ》を巻いて退散することにした。

「いえ、すみません。ありがとうございます」

彼はもう一度じろりと俺を見ると、頭陀袋《ずだぶくろ》のような布バッグを肩にかけ、クラブハウスを出て行った。

「ヤンキー……」

思わず、口の中でつぶやいた。

背後から笑い声がした。

パソコンを広げて、練習の記録をつけていた村上がこちらを向いて笑っている。先輩に対する態度ではなかったから、あわてて謝る。

「すみません」

「いや、気持ちはわかるから、謝ることはない」

だが櫻井が、後輩を苛《いじ》めたり、力で人を押さえつけたりするようなタイプではないことはもうわかっている。

先輩面《づら》で雑用を言いつけられたりしたことは、これまでに一度もない。むしろ、自転車部の中ではいちばん親切だ。

ただ単に、柄が悪いだけだ。

「じゃあ、お疲れ様です」

「ああ、また連休明けにな」

村上はまだクラブハウスに残るようだから、先に帰る。

ふいに思った。櫻井に言っておけばよかった。

レース、頑張ってください、と。


五月の初めだというのに、半袖《はんそで》でも汗ばむような陽気だった。

その日、俺は旧友の家を訪ねる約束をしていた。これまではバスだったが、ロードバイクで向かう。

サイクルジャージで人の家を訪ねるのは気が引けるから、Tシャツとハーフパンツという格好で、自転車を走らせた。

豊《ゆたか》の家を最後に訪ねたのは、二月の終わり。大学に受かり、新しい部屋も決めた後だった。

東京の大学を受験することは前から言っていたが、豊はひどく寂しがっていた。ゴールデンウィークや夏休みに帰ったときは、かならず連絡するとそのときに約束したのだ。

正直なところ、彼と過ごす時間は楽しいだけではない。

心のどこかに常にやすりをかけられるのを、ただ耐えているだけのような気もときどきする。

それでも、会いに行かなければ痛みが消えるわけではない。彼が会いたいと言ってくれる限り、俺は時間を作って会いに行くしかないのだ。

見慣れた二階建ての一軒家の前で自転車を降りる。

インターフォンを押し、出てきた彼の母親に言った。

「こんにちは、正樹です」

俺が行くことは豊が伝えてくれているはずだ。

玄関がすぐに開く。

「いらっしゃい。いつもありがとう。豊が待ってるわ」

「すみません。自転車どこかに置かせてもらっていいですか？　借り物なんで外に置きたくないんです」

「じゃあ、そこのガレージの中でも」

言われたとおり、ガレージの中に自転車を運んで、鍵《かぎ》をかける。

玄関から家の中に入ると、豊が二階から下りてきたところだった。

「正樹！」

目を輝かせて俺の名を呼ぶ。

「学校どう？　少し痩《や》せた？」

ろれつのまわらない、ひどくゆっくりした喋《しゃべ》り方。誰が聞いても、健常者ではないことがわかる。

リビングから出てきたのは、豊の父親だった。休日だから家にいたのだろう。

会ったのは、中学の時以来だった。

「ああ、岸田くん。立派になったね。元気そうでなによりだよ」

父親がいるとは思っていなかった。動揺を隠して、笑顔を作る。

「おひさしぶりです」

「中学のときの友達で、今でも豊に会いにきてくれるのはきみだけだよ」

どう答えていいのかわからずに、曖昧《あいまい》な笑みを浮かべる。

「新光大学に行ってるんだって？　名門じゃないか」

「いえ、そこまでは……一浪ですし……」

「一浪でも立派だ。親御さんがうらやましいよ」

胸がずきりと痛む。謙遜《けんそん》するのもいやらしい気がした。

会いにくるのではなかった。そう思わずにはいられない。

俺の姿を見ると、豊の両親は事故に遭う前の息子の姿を思い出すはずだ。

俺よりも背が高く、体格がよくて、頭がよく、社交的だった。眩《まぶ》しいような少年で、間違いなく明るい未来が開けているはずだった。

俺の困惑に気づいたのか、母親が助け船を出してくれた。

「お父さん、豊が待ってるから」

「ああ、二階に行くのか。もしよかったら、後で学校の話を聞かせてくれないか」

そう言って笑う顔はあくまでも優しい。そのことがよけいに俺を傷つける。

豊に手を引かれるようにして、俺は階段を上った。

豊の部屋はほとんど変わってはいなかった。ベッドと机しかない部屋。ベッドの横に貼《は》られているアイドルのポスターは中学生のときから変わらない。そのアイドルはもう引退し、どこかのバンドのメンバーと結婚して子供まで産んでいるのに。

「痩せたね。ごはん、ちゃんと食べてるの」

「食べてるよ。自転車部に入ったんだ。だからちょっと体重が落ちただけだ」

豊は目を丸くした。

「自転車部なの？　柔道は？」

「やめたよ」

「やめたの？　どうして？」

やめたことは前にも話した。だが、彼の脳はあまり記憶を保っていることができない。覚えたことがぽろぽろとこぼれ落ちてしまう。

以前はやめた理由を「受験で忙しいから」と言った記憶がある。今日はなんと言おうかと考えていたときに、豊が言った。

「ぼくのせい？」

息が詰まる気がした。

「違うよ。だって、フランスにいた間はやってたんだから」

「あ、そっか」

俺のことばで、彼は笑顔になる。

「自転車が好きになったんだ。だから自転車部に入ることにした」

「ふうん。サイクリングとかするの？」

「違う。自転車でレースをするんだ」

「レース？」

決めていることがある。豊は、人の話の内容を理解するのに時間がかかる。だが、だからといって絶対に適当なことを言ったり、ごまかしたりはしたくない。

目の前で何度も、たくさんの人が彼に適当なことを言うのを見てきていた。

どうでもいいかのように軽く扱い、あきらかに馬鹿《ばか》にするたびに怒りを感じた。

豊はおまえらなんかよりもずっと頭がよく、なんでもできていた。おまえらが見下していいような奴《やっ》じゃない。

そう喉元《のどもと》まで出かけたこともある。

だが、そんなことを言ったって、なにも解決するわけではなく、よけいに豊を悲しい気持ちにさせてしまうだけだろう。

豊は、何度もレース、レースとつぶやいている。ことばの意味が思い出せないようだった。

事故によって障害がもっとも残ったのは言語中枢《ちゅうすう》だという。

「競走。マラソンみたいな」

「ああ」

言い換えるとやっと理解したようだった。

俺は話を変えた。

「豊はどうだ？　パン屋の仕事は楽しい？」

以前、一緒に働いている女の子がとても可愛《かわい》く、豊にも優しくしてくれるのだという話を聞いた。豊はその子に恋をしているようだった。

冷静に考えればその恋がうまくいく確率は低いだろうが、俺はそうなるように祈った。豊にも少しくらい、幸運があってもいいはずだ。

豊はあっさりと言った。

「パン屋はやめた。クビになったんだ」

「どうして！」

彼は考え込みながら、ゆっくりと喋った。

「売り上げがあんまりよくないんだって。だから、三人ものお給料は払えないって。だったら仕方ないよね。ぼくがいちばんなにをするのにも遅くて、仕事もできないから」

「それは豊のせいじゃない」

そう言うと豊は柔らかく笑った。

「うん。でも、店長のせいでもないよね」

なにも言えなくなる。いちばんつらいのは豊のはずだ。

「怒らなくていいよ。店長はいい人なんだ。だって、障害者を雇おうなんて、一時期でも考えて、実行してくれたんだもの。ほとんどのお店は考えてもくれないんだから」

思わず、口をつぐんでしまった俺を、豊は促した。

「それより、正樹の大学の話してよ。友達できた？」

授業などでは、ときどき話をする顔見知りもできたが、友達と言うほど親しくはない。だから、自転車部の話をした。

豊はにこにこ笑って、俺の話を聞いていた。

ノックの音がして、母親が顔を出した。

「正樹くん、よかったら晩ごはん食べていって」

「いえ……ぼくは……」

断ろうとしたが、豊が俺の腕をつかんで言った。

「食べていってよ。お父さんだって話を聞きたがってたし」

豊にそう言われてしまうと断れない。

「よかった。じゃあ、おいしいもの作るわね」

「すみません」

あとで家にメールをしなければならない。

階段を下りていく足音を聞きながら、豊が言った。

「よかった。お父さん、正樹に会いたがってたから」

「そうなのか」

少し意外な気がする。事故に遭う前の豊を思い出して、つらいのではないかと思っていた。

「うん、お父さん、ぼくの今の友達、嫌いだから」

「え……？」

「支援学級の友達とかがくると、いやな顔するんだよね。ときどき、『他に友達はいないのか』とか言われたりもするし……。でも、正樹が会いにきてくれたって聞くと、すごく喜ぶんだ」

どう答えていいのかわからない。思わず目を泳がせてしまう。

豊は笑顔のまま言った。

「たぶん、まだお父さん、ぼくがこんなふうになったことを信じてないんじゃないかと思う」


豊の家の夕食はトンカツだった。

俺はなるたけ明るくふるまい、たくさん食べて、いろんな話をした。

八時を過ぎたころに、彼の家を辞した。自転車を押しながら道路に出て、そのまま目を閉じて空を仰いだ。

歓迎されて、優しくもてなされたのに、気持ちは押し潰されそうだった。

楽しく笑っていたかったのに、そう感じてしまう自分がなおさら嫌いだと思った。

豊の父親のことはただひどいとは思えなかった。俺も彼と同じように考えていた。

生まれつきの障害と豊の場合とでは違う。そんなふうに何度も思った。

豊が事故に遭ったのは、中二の冬だった。

いや、事故だなんて言いたくはない。あれは、傷害以外のなにものでもない。

当時の柔道部の顧問は、斑気《むらき》のある体育教師だった。

その日はひどく機嫌が悪く、生徒たちを相手に投げ技をかけまくった。特に、目の敵にされたのは豊で、何度も畳の上に叩《たた》きつけられていた。

その後、気分が悪いとうずくまってしまった豊を、その教師は放置した。

俺が保健室に連れて行こうとすると、それを止められ、今度は俺まで集中攻撃を受けた。

なんとか、部活が終わる時間まで耐え、豊のそばに行くと彼は完全に意識を失っていた。ここへきて、さすがに教師もことの重大さに気づいたようだった。

救急車がきて、病院に運ばれた。

診断は急性硬膜下血腫《けっしゅ》。強い脳挫傷《のうざしょう》により脳内に血腫ができた、という話だった。

すぐに開頭血腫除去手術が行われた。幸い手術はうまくいき、一命を取り留めた。寝たきりになることも危ぶまれたが、下半身はほぼ元通りに動くようになった。

運がよかったのだ、と医者は話したという。

だがそれでも、後遺症は残った。

言語能力や学習能力に障害が残り、指も思うように動かない。靴を履くとか、服のボタンを留めるという、普通の人なら簡単にできるようなことが難しい。最悪の事態にくらべれば、ずっと軽い後遺症だったのに、彼の人生は一変した。

それまで成績はよく、模試では県内でトップクラスを維持していたのに、事故後、彼を受け入れようとする普通高校はなかった。ようやく、特別支援学級のある商業高校に入ることができただけだった。

そんなことがあったのに、体育教師は柔道部の顧問をやめただけで、懲戒免職にもならず、今でものうのうと教師を続けている。

豊の両親も結局、学校を訴えることはしなかった。

ひとつ下に妹がいて、同じ学校に通っていたから、彼女がいやな思いをすることを案じたのかもしれない。学校も、こちらを黙らせるために内申書の三文字をちらつかせた。

その事件の後、俺も柔道をやめた。たかがスポーツのために殺されたり、半身不随になるのは割に合わない。

フランスでまた柔道をやる気になったのは、当時、フランス語も片言で、向こうの習慣にも馴染《なじ》めなかった俺が、唯一《ゆいいつ》対等に人と渡り合えるスポーツだったからだ。

フランスと日本ではルールも違い、最初は戸惑うことも多かった。

だが、フランスでの練習は合理的で、安全に対する考慮もされていた。初心者は徹底的に受け身をたたき込まれ、投げ技を習うのはそれを完全に覚えてからだ。

初心者のうちはヘッドギアや防具も使う。そして、体調が悪いという生徒を稽古《けいこ》に引っ張り出すことなど絶対にありえない。

調べて驚いた。日本では柔道の部活や授業中の死亡事故は多いのに、フランスでは一件も起きていないのだ。

俺にはわからない。豊の事故は防げなかったのか。スポーツとは、そこまでしてする価値があるものなのか。

だが一方で、再び安全とは言えない種類のスポーツに出会い、またのめりこんでいる自分がいる。

俺はいったいなにをしているんだろう。

村上からメールが届いたのは三日の夜だった。

「元紀四位入賞！」

ピースマークの絵文字と一緒に送られてきたメールに驚く。

個人タイムトライアルレース。市民レースとはいえ、実業団や大学自転車部の強豪選手も多数出場していると聞いた。その中で四位というのは、間違いなく快挙だろう。

新光大学の自転車部は、部員が五人、しかもそのうちひとりは負傷者だ。何十人もの部員と、専任のコーチも抱えているような大学とは何もかもが違う。

すごいと思う一方、苛立《いらだ》ちのようなものを感じている自分にも気づく。

俺ならばどこまで行けるのだろう。

もちろん、ロードバイクに乗り始めて一ヶ月も経っていない今、上位に行けるはずなどない。

だが、半年後、もしくは一年後。必死に頑張り続けたら、いつか俺の手にきらきらしたなにかが引っかかってくることはないだろうか。

どこまで行けるか試してみたい。自分を追い込んでみたい。

自分の限界がどこにあるのか知りたい。

こんな衝動にとりつかれるのはひさしぶりのことだった。

自分が離れた場所にいることが無性に悔しかった。

五日は休日練習をすることになっていた。

クラブハウスに行くと、櫻井は畳の上にごろんと横になって携帯ゲームをやっていた。俺をちらりと見て「おお」と低い声で言っただけで、また目はゲームの液晶画面に戻る。

畳に座って靴を脱ぎながら、俺は言った。

「おめでとうございます。すごいですね」

「なにがおめでとうやねん、こら」

相変わらずものすごい巻き舌で喋る。なにがどうしたら、あんなに舌を巻きながら喋れるのか不思議だ。日本語にはあんな発音はないと思う。

「四位だったんでしょう？」

ことばに出してからひやりとした。村上のメールに間違いがあったのかもしれない。

「だから、どうした。四位やったら表彰台にも上られへんやんけ」

櫻井は不機嫌にそう言うと、俺の背中に軽い蹴《け》りを入れた。

「なにするんですか」

だからヤンキーは嫌いだ。コミュニケーションに軽い暴力を使ってくる。

「腹立ってしゃーない。もうちょっと早めにスパートかけてたら、三位まで上がれたかもしれへんのに」

俺はそっと、彼の足の届かない場所まで移動した。

「でもすごいですよ。うちみたいな弱小自転車部なのに」

「弱小で悪かったな」

足が今度は空振りする。空振りしたことにむかついたらしく、櫻井は舌打ちした。

そのあと、わざわざ立ち上がり近くまできて蹴りを入れる。

「やめてくださいって」

「正樹ぃ、おまえ貸したったDVD見たか？」

俺は頷《うなず》いた。実家ではあまりやることがなかったから、三枚組になっているツール・ド・フランスのDVDを見た。一枚三時間が三枚組だから、かなり長い映像だが、それでも実際のレースにくらべれば、ずいぶん編集されているようだ。

一日、五、六時間のレースが二十一日間。考えただけで気が遠くなる。

「どれ見た？」

「えーと、二〇〇三年のツールだったかな」

「ああ、ランスが十五秒差まで追い上げられたやつやな。第十五ステージの落車で流れが変わった……」

驚いて振り返る。

「そんなことまで覚えてるんですか？」

櫻井は俺の反応に目を丸くする。

「当たり前やろ」

当たり前ではないと思うが、そんなことを言っても、マニアには伝わらないかもしれない。

「どう思った？」

「おもしろかったです」

月並みな答えだ。だが、ほかにどう言っていいのかわからない。

これまで俺が教わってきたのは、自転車の乗り方、走り方だけだ。実際のロードレースというものを、はじめて見たようなものだ。

ひとつのチームには絶対的なエースと、それに付き従うアシストがいる。アシストはエースのために、風よけになり、ボトルを運び、前を牽引《けんいん》する。

これまでもエースとアシストという単語は聞いていた。

うちのチームでは櫻井がエースだと何度も言われていたし、俺もそれを普通に受け入れていた。だが、ここでも俺は大きな勘違いをしていた。

野球部のエース、サッカー部のエースなどと同じような文脈で、櫻井がエースだということばを受け入れていた。

違うのだ。自転車ロードレースの世界で言うエースは、もっと絶対的なものだ。エースとアシストはそもそも役割や戦い方が違う。

単に「いちばん強い選手」という意味だと考えていたから、ひどく驚いた。

口で説明されても、実際にレースを見たときの半分も理解できなかったかもしれない。世界最高レベルのレースを見たからこそはっきりとわかる。

それを説明しようとしていたとき、クラブハウスに村上が入ってきた。荷物を置きながら言う。

「元紀、さっき、取材申し込みの電話があったぞ。浅原さんという人から」

間髪を容《い》れずに櫻井は答えた。

「断ってください。優勝ならともかく、四位で話すことなんかありません」

「残念。もう引き受けた」

櫻井はがたんと音を立てて立ち上がった。

「なんで、そんな勝手なことするんですか！」

怒りを隠さず、村上に食ってかかる。村上は平然とした顔で答えた。

「少しでもどっかに名前が出たら、部員も集まるかもしれない。部費の交渉だって楽になる。協力してくれないか」

櫻井はかすかに口を開けてなにか言おうとしたが、そのまま閉じた。

苛立ちを隠さずに舌打ちをしながら、もう一度畳にごろんと横になり、背を向けた。

「悪いな、元紀」

村上はパソコンを立ち上げながら、のんびりとした口調で答えた。櫻井は返事をしない。

先輩に対する態度とも思えないが、櫻井にとっては精一杯譲歩しているのかもしれないと思う。

しかし、櫻井は意外にストイックなところがあると知った。不良はこういうとき、もっと舞い上がるものだと思っていた。

村上は続けて喋った。

「明日でもみんなで飲みにいくか。まだ岸田の新歓もやってないだろ」

入ったときは、まだ村上が入院していたから、歓迎会という雰囲気にはならなかった。俺もそういうことにはあまり興味がない。やってもらわないならそれでかまわないと思っていた。

「元紀、今日と明日どっちがいい？」

「……どっちでも」

村上は櫻井がへそを曲げていようが、まったく態度を変えない。もしかしてこれがうまい操縦法なのかもしれない。

俺の目線に気づいて、村上はにやりと笑った。


その翌日のことだった。授業を終えてクラブハウスに行くと、堀田がすでにジャージに着替えて座っていた。

ほかに誰かいないかと、目で探したが櫻井も隈田もまだきていないようだ。

堀田とはまだ打ち解けていない。できればあまりふたりきりにはなりたくなかった。

「おい一年坊主《ぼうず》」

愛想の欠片《かけら》もない声で呼ばれる。

「なんですか？」

できるかぎりにこやかに答えたつもりだが、もともと愛嬌《あいきよう》がないのはこっちも同じ

マ　ズ　ア　キ

だ。愛想よくすればするほど、不気味に見えるだろうと思う。

「おまえさ、ヘルメット貸せ」

「は？」

「今日、俺はメットを忘れてしまった。だから貸してくれ」

ヘルメットはたしかにリュックの中に入っている。だが俺は動かなかった。

「どうした。聞こえないのか？」

堀田が近づいてくる。彼も体格はいいが、そんなことで怖いと思うような時期はもう過ぎている。

でかいというだけなら俺の方がでかいし、フランスにいたときよく遊びに行ったアムステルダムでは百九十センチ超えの人がうようよしていた。

俺は笑顔で答えた。

「いやですよ。なんで堀田さんがメット忘れて、俺が危険な目に遭わないといけないんですか？」

「危険な目？」

「俺、まだ初心者なんですよ。いつまた立ちゴケするかわかりませんし」

「コケるのが怖けりゃ、自転車なんかやめちまえ」

「コケるのが怖いんじゃないです。メットなしでコケるのが怖いんです」

堀田はにやりと笑った。

「とんだど素人《しろうと》だな。メットがないくらいで怖くて乗れないのか？」

「ええ、そうです。でも、堀田さんもそうでしょ？」

「だれがそんなことを言った！」

うまく引っかかってくれた。俺は冷静に答えた。

「メットがないと怖くて乗れないから、俺から借りようと思ってるんでしょう」

「違……っ」

違うと言いかけて、堀田は口ごもった。

違うと言ってしまえば、俺のヘルメットを取り上げることはできない。だからと言って、俺を嘲《あざけ》った以上、もう怖いとは言えない。

だが、そんな俺の策略がよけいに堀田を刺激したようだった。

「つべこべ言わずに貸せ。先輩の言うことが聞けないのか！」

いちばん嫌いなはずの台詞《せりふ》なのに、実際に耳にすればなぜか笑い出したくなった。

馬鹿馬鹿しい。あまりにも頭が悪い。

ヘルメットをどうしても借りたいわけではなく、単に俺に嫌がらせがしたいだけなのだろう。

俺は彼にヘルメットを渡した。

「じゃあ、俺は今日は帰ります。ヘルメットのない状態で、自転車に乗りたくないですから」

こんなことで言うことを聞かせて、勝ったと思いたければ思えばいい。

背を向けて歩き出そうとすると、大きな手で肩をがしりとつかまれた。

「駄目だ。練習には出ろ。さっさと着替えろ」

「いやです。どっちかです。ヘルメットを返してもらうか、それとも帰るか」

「ふざけるな！」

強く胸を押された。まさかいきなり手を出してくると思ってなかったから油断した。身体が飛んで壁に背中をぶつけた。

目を開けたとき、俺は驚いた。

櫻井が堀田の胸ぐらをつかんでいた。櫻井は、身長こそ標準だが身体は細い。なんとなく堀田にぶら下がっているような印象だ。

「おまえ、なにしとんねん」

これまで堀田にはずっと敬語を使っていたはずなのに、例の勢いのいい巻き舌で食ってかかっている。

「なにって……」

櫻井の変貌《へんぼう》に驚いたのだろう。堀田は金魚のように口をぱくぱくさせている。

「ふざけんな、おまえ、こいつに今なにしてた」

「べ……別に、ヘルメットを借りようと……」

「おまえ、家近いんやから、取りに帰ったらええやろ」

たしかに堀田は大学のすぐそばに住んでいるらしかった。

堀田は必死で形勢を立て直すため、櫻井の手を振り払おうとした。だががっしりとつかまれていて動けない。

「櫻井……手を離せ」

「謝れ」

「え？」

「こいつに謝ったら許したる」

顎をしゃくって、俺を指す。俺はあわてて言った。

「櫻井さん、いいですよ。もう」

「うるさい、おまえは黙っとれ！」

かばわれているのかと思ったら、大声で怒鳴りつけられた。わけがわからない。

「櫻井、おまえ、先輩に向かってそんな口のききよう……」

櫻井はそのまま堀田の胸ぐらを締め上げた。

「じゃあ、敬語使えばええんですかね。堀田先輩、正樹に謝ってください。『アホで、新入部員よりも走れないくせに、えらそうに威張り散らした上に、手まで出してごめんなさい』って言ってください」

さすがに堀田の顔色も変わった。

「おまえ、言っていいことと悪いことが……」

「これは言って悪いことですかね。じゃあ、さっきの先輩の正樹に対する態度は、あれはええんですかね」

さすがにこれは洒落《しゃれ》にならない。俺はふたりの間に割って入った。

「櫻井さん、もういいです」

引きはがそうとしたら、思い切り脛《すね》を蹴られた。

俺はあわてて櫻井から離れた。乱暴さでは、正直堀田と同じレベルである。

「でも事実でしょう。先輩が、もう正樹に追い越されてるのは」

「櫻井さん！」

櫻井と堀田はじっとにらみ合った。俺はどうすることもできずにおろおろするだけだった。

隈田がのんきに入ってこようとして、部屋の空気に気づいて入り口で固まる。

せめて村上がきてくれれば、なんとかなるかもしれないが、隈田ではどうしようもない。まだ腕力があるだけ俺の方がマシだが、ふたりから暴力をふるわれる危険を冒してまで割って入りたいとは思わない。

先に目をそらしたのは、堀田の方だった。

彼は櫻井を押しのけ、自分の荷物を取ると、そのままクラブハウスを出て行った。

結局、その日の飲み会は明るいものにはならなかった。

新入部員歓迎会でもなく、櫻井の祝賀会でもなんでもない。単に、状況を村上に説明する飲み会になった。

村上はその日、術後の検査のために病院に行っていたらしい。クラブハウスにやってきたのは、五時をまわってからだった。

櫻井がふて寝して、俺と隈田が困り果てているのを見て驚いていた。

「ああー、元紀。それは駄目だわ。ああ見えて、堀田はすげぇ気にしてたんだぞ」

「なにをですか」

学校近くの居酒屋。一杯のビールで、すでに目元を赤くしながら、櫻井が不満そうに尋ねる。

「正樹にタイムで追い抜かれたことだよ」

いつの間にか村上まで名前呼びになっている。

喧嘩《けんか》のきっかけになってしまった俺としては、こんな会話すらいたたまれない。

「だって事実でしょう。腹立つんやったら負けへんようにすればええんですよ」

世の中がそんな簡単に割り切れないことは、俺でもわかる。

村上も苦笑した。

「頑張れば勝てるとは限らないだろう。頑張っているつもりでも、才能のあるやつはどんどん追い抜いていく。努力でなんとかなることだけじゃない」

「そんなんどんな世界も一緒でしょう」

「まあ、そうなんだけどな」

「それにあんなことしたって、自分が速くなるわけやないでしょ」

櫻井の言うことは正論だ。

だが、それでも訴えたいのは、堀田に突き飛ばされて打った背中より、櫻井に蹴りを決められた臑の方が痛かったということだが、まあそれは黙っておく。

「堀田はやめるかもしれないぞ」

「ええです、別に。堀田先輩より、正樹の方が使えるし」

隈田は困ったような顔をしているが、少なくとも櫻井に腹を立てている様子はない。まあ、たしかに隈田は櫻井と仲がいいようだった。よく連れ立って一緒に帰っていく。

俺は思い切って言った。

「もしなんだったら、俺が謝ってきましょうか」

「よけいなことせんでええ！」

せっかく提案したのに、櫻井に叱《しか》られた。仕方なく黙る。タイムトライアル四位の足で、またあの鋭い蹴りを入れられてはかなわない。

だが、さっきはあれほど堀田に腹を立てていたのに、櫻井が怒ってくれたせいで、こちらの怒りはすっかりどこかに吹き飛ばされてしまった。

なんというか、毒気を抜かれてしまったような気分だ。

「まあ、たしかに話を聞くと、悪いのは堀田だからな。これで堀田がやめることになっても仕方がないか」

村上があきらめたように言って、ウーロン茶を飲み干す。

隈田は下戸《げこ》で、村上はまだ手術から日が浅いと言うことで、ビールを飲んでいるのは俺と櫻井だけだ。

もっとも櫻井も、一杯で目のふちを赤くしているところを見ると大して強そうではない。

机に半分突っ伏しながら櫻井が言う。

「俺も別にええです。あんな先輩おらんでも」

だれのせいだとつっこみたくなるのを抑える。たしかにうれしかった部分もある。あそこまでかばってもらえるとは思わなかった。

もっとも、櫻井には俺をかばった意識はなく、むしろ堀田の言動のみっともなさに腹を立てたというのが正しいのだろうが。

結局それから堀田はクラブハウスに顔を見せなかった。

退部届が出されたわけではないが、こなければ自然に退部というかたちになる。

こうなったことがいいのか悪いのか、まだ俺にはわからなかった。

4

六月に入ると同時に、気温は階段を駆け上がるように夏に変わった。

自転車に乗り始めて一ヶ月半。ここ数年は日焼けなど忘れていた俺の腕にも、ジャージのあとがくっきり残るようになっていた。

堀田がやめたことで、少なくとも俺にとって自転車部の空気は風通しがよくなった。村上も隈田も付き合いやすい先輩だ。櫻井も、あの柄の悪さとすぐ手が出るところを別にすれば、尊敬できると言ってもいい。

まだはっきりと決めたわけではないが、一年という期限を切らずに卒業まで所属してもいいかもしれない、などとも思い始めていた。村上にもそんなことを匂《にお》わされたことがあるし、櫻井などは俺が一年だけしかいないことなど忘れてしまっているように見える。

俺はもともと人間関係において、楽天的な方ではない。村上に「正樹がいれば、来年以降も心配はいらないな」と言われたときも、曖昧《あいまい》な笑みでごまかした。これから先、もううんざりだと思うこともあるかもしれない。きちんと明言することは、ぎりぎりまで避けたかった。

歯車がうまくまわっているときですら、俺はどこか後ろ向きで、失敗することを考えずにはいられない。

だが、俺が間違いないと信じていることがひとつだけある。人は賭《か》けに勝ち続けることはできないのだ。

空が抜けるように青い。透明感のある水彩の青だ。

「いい天気だねえ」

車を降りた隈田がのんきな声で伸びをする。まるで観光にでもきたかのような雰囲気だ。

だが長野まで車を飛ばしてきたのは、もちろんそんな目的ではない。明日の個人ロードレース大会に出るためだ。

俺にとって、まさに初陣《ういじん》だ。学生選手権どころか、これまでどんなタイプのレースにも出たことはない。会場の空気を感じることすらはじめてだ。

櫻井に貸してもらったグランツールのDVDは、いくつか見た。

そこで繰り広げられていたのは、熱いだけではなく、ひどく冷静でプロフェッショナルなレースだった。チームの勝利のため、アシストは捨て石のような役目を自ら買って出る。またエースですら、勝てるステージと身体《からだ》を休めるステージを見極め、勝てないと見て取ると決して無理はしない。

二十一日間のレースを勝ち抜くには、ただ根性と熱意だけでは無理なのだと、俺は痛感した。

だが、このレースは一日だけだ。そこまで戦略的な戦いではない。

事実、俺たちはミーティングらしいミーティングもしていない。

櫻井が行ける限り行って、俺と隈田ができるだけ彼をサポートする。ただそれだけだ。

練習のとき、あれほど機嫌がよく、ガキのようにはしゃぐ櫻井なのに、今日はやけに静かだった。道中もずっと目を閉じてシートに身を預けていたが、寝ているわけではないことは寝息が聞こえてこないことからあきらかだ。

一度など、いびきをかいて眠っていた隈田のシートを思い切り蹴飛《けと》ばした。

これまでも機嫌が悪いときはあったが、十分もするとだいたいけろりとしているのが櫻井という男だ。こんなに長時間、ぴりぴりしているところを見たのははじめてだ。こういう男でもレースの前はやはりナーバスになるものなのだろうか。

村上が以前、「櫻井はちょっと気難しいところがある」と言っていたことを思い出す。村上と隈田は、そんな櫻井の様子には慣れているようで、話しかけることもなく放置している。

俺はというと、やはり気分が昂《たか》ぶって、昨夜もほとんど眠ることができなかった。だが、このアドレナリンが出る感覚は、嫌いではない。

指の先まで神経が張り詰めて、じっとしていられないような気持ち。これがあれば、実力以上の力が出せる。

宿泊施設の駐車場には貸し切りバスも二台ほど止まっていたが、俺たちのようにレンタカーのミニバンでやってきている学生もそれなりにいるようだ。

スタートリストを見ると二十人を超えるような強豪の自転車部もいるし、俺たちのように三人か四人しかいないような弱小チームもいる。

参加選手は百人ほど。ひとつのレースと考えれば少なくはないが、それでも地区予選もなく、全国の大学が集まっていると思うとさほど多くはない。陸上や俺がやっていた柔道などとくらべると、たぶん圧倒的に競技人口は少ない。

コースを試走して今夜はホテルに泊まり、明日がレース本番だ。

今晩のことを考えると、少し気が重い。予約するのが遅くなり、宿泊施設の部屋が、シングル一部屋とツイン一部屋しか取れなかった。

レースに出ない村上が車内で寝袋で寝ることになって話はまとまったが、当然、エースである櫻井がシングルの部屋に泊まるものだと思っていた。

だが、昨日大学で、いきなり村上に言われた。

「正樹。おまえ、明日、櫻井と同室な」

「ええっ！」

思わず声をあげると、村上はにやりと笑った。

「そんなに嫌そうな声を出すな」

「いや、そういうわけではないですけど」

あわてて言い繕ったが、村上は信じてないようだった。

本当に、櫻井が嫌だというわけではない。人との距離をうまく測れない俺は、たとえ相手が誰であろうと、同室でふたりきりになるのは得意ではない。

それでも新入部員の分際でシングルに泊まれるはずもなく、たぶん隈田と同室だろうな、と心の準備をしていた。それが裏切られたことに、戸惑っただけだ。

だが、どんな行動に出るか予測できない櫻井より、のんびりして、いつも機嫌のいい隈田の方が同室になっても気を遣わない相手であることは間違いない。櫻井とふたりきりになっても、自転車のこと以外、なにを喋《しゃべ》っていいのかわからない。同じクラスなどにいれば、いちばん距離を置きたいと思うタイプである。

念のために聞いてみた。

「どうして、櫻井さんがシングルじゃないんですか？」

「あいつ、ひとり部屋は嫌いだから。誰かと一緒の方がいいんだとさ」

ならば、なぜ隈田ではないのだろう。櫻井と隈田は休日も一緒に行動しているほど仲がいい。

その疑問には村上が先回りして答えてくれた。

「あと、隈田はいびきがひどいから、あいつがシングルのほうがいい」

「ああ……」

隈田が部室で寝ているところを見たことがあるから、それは知っている。

おそるおそる言ってみる。

「あの、俺が車内でもいいですよ」

基本、どこでも寝られる方だ。そう言うと同時に村上に睨《にら》み付けられた。

「ダメだ。おまえの体力が落ちれば、戦力はがた落ちだ」

それは村上の言うとおりだ。自分の意思とは関係なく、気がつけば俺は櫻井の次にいいタイムが出せる選手になっていた。

村上の話によると、怪我《けが》をする前の彼よりもいいと言う。おだてられている気もするが、それでも嫌な気はしない。

まあ、櫻井はいつもマイペースだから、話しかけられたときだけ答えていればいいだろうと考えていたのだが、今日の機嫌の悪さを見て、戸惑っている自分がいる。

駐車場で、ミニバンから乗せてきた自転車を下ろし、外していたホイールを装着する。前は、こんなに簡単にホイールの着脱ができるなんて知らなかった。ホイールを外してうまくまとめれば、ロードバイクは専用バッグで持ち運べるほどコンパクトになる。

櫻井は、どこか上の空のままメンテナンスをすませると、急に立ち上がった。

「トイレ行ってくるわ」

「あ、ぼくも行くよ」

隈田も立ち上がり、先に歩いて行った櫻井を追う。

歩いて行くふたりを見送りながら、俺は村上に尋ねた。

「櫻井さんって、兄弟いるんじゃないですか？」

タイヤに空気を入れていた村上が驚いたように顔を上げる。

「どうして知ってる」

「いや……なんとなく……」

そう思ったのは、櫻井が「ひとり部屋が好きじゃない」と言っていると聞いたからだ。

俺の知る限り、そういう人間にはたいてい兄弟がいて、だれかがそばにいることに慣れている。俺は一人っ子だから、ずっと人と一緒にいると息が詰まる。

なにげなく言ったことばだったが、なぜか村上は険しい顔をして俺を見た。

「その話は櫻井にはするなよ」

「え……？」

村上はそのまま視線をバイクに落とした。理由を聞くのも憚《はばか》られるような気がして、俺はそのまま口をつぐんだ。

レースは周回コースだ。十二・三キロのコースを十三周。百五十九・九キロを走り抜ける。このレースに向けて、同じくらいの距離を何度か走ったが、それでも感覚がつかめたとは言えない。

普通に乗るだけなら、百五十キロを苦痛と感じないほどの体力はついた。だが、競技として乗るのはまったく別の話だ。

なにより怖いのは百人という大集団で走ることだ。少人数なら、前の人間が落車しても避《よ》けることができるが、集団ではそうはいかない。

自分が怪我をするだけではなく、人に怪我をさせてしまうかもしれないのだ。

だが、恐怖心から集団を抜け出せば、その分体力を消耗する。遅れてしまえば、もう追いつくのは至難の業だ。

どう戦えばいいのか、俺にはまだイメージすらできない。

北アルプスの麓《ふもと》だけに、コースは起伏の多い、ハードなものだった。少しは絞れたとはいえ、俺はまだ自転車乗りにしては体重が重い。登りより平坦《へいたん》の方がずっと得意だ。

一回山を登るだけならば、全力を出し切ってそこそこいけるが、十三回も同じコースを走るとなるとペース配分も考えなければならない。

明日に体力を残すため、今日はコースを三周か四周するだけですませることにする。難所や勝負所を見極め、コース全体の形を頭にたたき込むのが試走の目的だから、本番と同じペースで走る必要はない。

レースの間は車を通行止めにするが、今日はまだ普通に車が行き来している。田舎だから東京の道路のように交通量は多くないが、それでも車道の端を一列になって走るしかない。

試走していると、同じように走っている学生たちを何度か見かける。隊列を組んで走っている十人以上の集団も見た。

ジャージを見るだけでそこのチームがどのくらい強いか、だいたい見当がつく。名門の体育大学が着ているジャージは、あきらかに金のかかった、プロが着ているようなものだった。

営利の絡《から》まない大学のクラブ活動とはいえ、そこには明確なヒエラルキーのようなものがある。あのスマートなジャージを着ている選手たちは、間違いなく俺たちとは違う環境で練習している。

だが、ぺらぺらの安っぽいジャージを着ていても、誰もが櫻井のことはちらりと見る。その視線だけで、櫻井がマークされていることはわかる。

櫻井自身は、まるで気にしていないようで自分のペースを崩さない。注目されるのにも慣れているのかもしれない。

気がつけば、ハンドルを握る手が汗でびっしょり濡《ぬ》れている。たぶん、俺は緊張しはじめている。

このストレスは決して嫌いではない。

試走を終えて宿泊施設に戻る。

名前だけはホテルとついているが、どこかの会社の保養所のような、三階建ての飾り気のない建物だ。

鍵《かぎ》をもらって、部屋に向かう。

エレベーターに乗り込もうとしたとき、いきなり肩をつかまれた。

「岸田じゃないか？」

振り返ると、精悍《せいかん》に日焼けしたサイクルジャージの男が立っていた。鮮やかなグリーンのジャージには金成《きんせい》体育大学と書かれている。

その顔には見覚えがある。

「森脇《もりわき》……？」

中学のときの同級生だった。

先にエレベーターに乗っていた櫻井がちらりとこちらを見た。

「先、部屋に行ってるぞ」

「あ、はい。あとで行きます」

部屋番号は聞いている。エレベーターのドアはゆっくりと目の前で閉まった。

俺と森脇は自然にロビーのソファへと移動した。

中学を卒業してからはまったく会っていないが、クラスでは仲がいいほうだった。

「おまえ、フランスに行ったって聞いたぞ。いつ帰ってきてたんだ」

「一年前に帰ってきた」

彼は俺のジャージをまじまじと見た。

「自転車はじめたのか？　たしかおまえ、柔道やってたんじゃ……」

そう言いかけて彼はすぐに口をつぐんだ。たぶん、豊のことを思い出したのだろう。

「自転車は大学入ってからはじめたんだ。大したことない。森脇こそ、体育大学入ったなんて知らなかったよ」

たしかに運動神経のいい男だった。中学のときはサッカー部だったような気がする。

「俺は高校からだな。おまえが自転車というのも、ちょっと意外だな」

たぶん、体格がよかったからだろう。俺は苦笑した。

「いろいろあってね」

そう、まさに巡り合わせだ。自分からやりたくてはじめたというより、引きずり込まれたような感じだ。

森脇はエレベーターの方を見た。

「新光大か……。さっきの櫻井元紀だよな」

「そう。知ってるのか？」

「強いからな。新光大なんか坊っちゃんばっかりだと思ってたのに……っと、おまえもそうか」

森脇ははじめて気づいたように肩をすくめた。

「ま、櫻井さんは学校でもちょっと特別だよ」

そう言うと、にやりと笑う。

「だろうな。去年、うちの上級生とちょっとやりあったらしい」

「喧嘩《けんか》か？」

「喧嘩までは行かなかったらしいけどな。ま、じゃれ合い程度というか」

どこまで行けば喧嘩で、どこまでがじゃれ合いなのだろう。ともかく、櫻井が外に対しても喧嘩っ早いのはわかった。

「で、おまえはどうなんだ？　そこそこ行けそうか？」

森脇のことばに、俺は笑って手を振った。

「今回は櫻井さんのアシストだよ」

「アシストと言ったって、決まってるわけじゃないだろ。行けるやつが行っていいんだろ」

「いや……わからないけど……」

ことばを濁したが、たぶんうちのチームの方針は決まっている。櫻井がエースだ。隈田も自分が勝とうなどと考えている様子はない。

「個人ロードレース大会だぞ。そりゃあ、チーム内で協力はするけど自分の成績を上げないでどうするんだ」

そう言われて戸惑うしかない。

これまで俺が見たのは、DVDの中のチーム戦だけだから、それが当たり前だと思っていた。

「ロードレースってそういうものなんじゃないのか」

「プロ選手はそれで金をもらうわけだから、アシストに徹するのも仕事だ。でも、俺たちは学生だぞ。自分のために走らなくてどうするんだ？」

そんなこと考えたこともなかった。だが、たしかにこのレースの名称には「個人ロードレース」の文字がある。

俺は曖昧な笑みを浮かべた。

「レースに出るのは本当にはじめてだからさ。まだよくわからないんだよ」

「去年は出なかったのか？」

そこで、俺は森脇が誤解をしていることに気づいた。

「一浪したからね。まだはじめて二ヶ月だ」

「ああ。そうだったのか。じゃあ、まだ足馴《あしな》らしだな」

金成体育大学のジャージを着た選手たちがぞろぞろとやってくる。森脇は立ち上がった。

「じゃあ、あとで携帯のアドレス教えてくれよ。また中学のときの仲間で集まろうぜ」

「ああ」

グリーンのジャージの集団がエレベーターに乗り込むのを見送りながら、俺はソフアで深く息を吐いた。

懐《なつ》かしかったのは事実だが、なぜか息苦しさも感じた。

一度遠ざかってしまった距離を縮めるのは、簡単なことではない。


夕食後、ベッドで携帯ゲーム機を弄《いじ》っていた櫻井が顔を上げた。

「雨？」

風呂《ふろ》から上がって、髪をタオルで拭《ふ》いていた俺は窓に目をやった。

天気予報は曇りで、降水確率は二十パーセント程度だったはずだ。窓の外も真っ暗で雨が降っているような気配はない。

だが、窓から外を見て気づいた。地面が濡れて黒く光っている。

目を凝らすと、霧のような細かい雨が静かに降っているのが見えた。

「耳、いいんですね」

櫻井のベッドからは外は見えない。たぶん音で気づいたのだろう。

「うん……」

どこか上の空で櫻井が答える。

雨音は聞こえない。だが、通り過ぎる車の音にかすかな違いがある。濡れたタイヤの音。

「地面が濡れたままだと、困りますね」

濡れた地面はひどく滑り、落車が発生しやすくなる。

「せやな」

俺は櫻井の方に目をやった。やはりいつもと違う。普段はあの巻き舌の大阪弁でべらべら喋るのに、今日は空気が抜けてしまったようだ。

話に付き合わなくていいのは楽だが、これはこれでどことなく気まずい。

時間は二十三時を過ぎている。昨夜眠れなかったせいで、そろそろ瞼《まぶた》が重くなってきた。

ドライヤーで髪を乾かし終わると、俺は空いているベッドに潜り込んだ。

「もう寝ますね」

「おう」

素っ気ない返事だ。おやすみなさい、と小さな声で言ってから、俺は目を閉じた。

電気はついたままだが、明るくても寝られるから問題ない。櫻井が寝るときに消すだろう。

そう思いながら俺はずるずると眠りの中に引きずり込まれていった。

次に目を開けたとき、まだ部屋には明かりがついていた。一時間くらいうとうとしたのだろうか。

そう思いながら携帯電話を引き寄せて驚く。時刻は午前四時をまわっていた。

櫻井はもう携帯ゲームはやってはいなかったが、ベッドの上で膝《ひざ》を抱えるようにし
て座っていた。

「櫻井さん、寝ないんですか？」

「うん……」

まだ上の空だ。俺はベッドから起き上がった。

「眠れなくても、横になって目を瞑《つぶ》っていた方がいいですよ。その方が疲れが取れま
すから」

普段ならこんなアドバイスをしようものなら「うっさい、ボケ」という悪態が返っ
てくるのだが、櫻井は素直にベッドに横になった。

俺はルームライトのスイッチに手をかけた。

「電気消しますね」

今度は返事もない。消すなと言われてはいないと解釈して、俺は明かりを消した。

そのあと、櫻井はひとことも喋らなかった。だが隣にいればわかる。何度も寝返りを打ち、小さなためいきをつく。櫻井は眠ってはいなかった。そのあとは、俺の眠りも浅かった。うつらうつらとしながらも、頭のどこかで櫻井の寝返りの音を聞いていた。


翌朝、俺は少し早めに起きて、駐車場に向かった。

村上は下半身だけ寝袋に入って、倒したシートの上で眠っていた。人の良さそうな顔に無精髭《ぶしょうひげ》が浮いている。

窓を叩《たた》くと、村上は重そうに瞼を上げた。窓を開ける。

「おお、早いな。眠れたか」

六月とはいえ、信州の朝は肌寒い。俺は半袖《はんそで》Tシャツの腕を覆《おお》いながら挨拶《あいさつ》をした。

「おはようございます。いえ、俺は眠れたんですけど」

村上の眉間《みけん》に皺《しわ》が寄った。

「元紀か」

「ええ、たぶんほとんど寝ていないんじゃないかと」

さっき顔を覗《のぞ》き込んでみると、ちょうど寝息を立てていたから、起こさないように部屋を出てきた。だが、彼が早朝までずっと寝返りを打っていたことを俺は知っている。たぶん、一時間も眠っていないはずだ。

村上は腕を組んで空を見上げた。

「雨だったからな。仕方ないか」

雨はもうやんでいるが、空はまだ重苦しい雲に覆われている。さっき、天気予報を確認すると、降水確率は七十パーセントに変わっていた。

この様子では、今日は降ったりやんだりを繰り返すことになりそうだ。

「櫻井さん、雨、苦手なんですか？」

そういえば、これまで雨の日は室内でローラー台を漕《こ》いでばかりで、外に出たことはない。

「いや……うん、まあ、苦手と言えば苦手だろうな」

村上の返事は妙に歯切れが悪い。

だが、櫻井が雨を苦手としているとすると、今日のレースは期待できそうにない。

ただでさえ、睡眠不足だ。

「元紀は？　今も起きてたか？」

「いえ、明け方からはちょっと眠れているみたいです」

村上は腕時計に目を落とした。

「ぎりぎりまで寝かしてやりたいが……メシも食わなきゃならないしな。せいぜい、あと三十分くらいだな」

トータルで一時間半か、二時間か。それとも俺が眠っている間に、少しくらいは眠ったのだろうか。それにしたって、充分な睡眠時間とは言えない。

だが、朝食はもっと大事だ。食べなければ、走り出してすぐにガス欠を起こしてしまう。

食べ物がそのまま身体のエネルギーになることを、痛切に理解したのも自転車に乗り始めてからだ。

比喩《ひゆ》ではなく、本当に走れなくなるのだ。全身から力が抜けて、おばさんの乗るタイヤの小さいミニサイクルにすら追い抜かれてしまう。

俺は決して小食ではない。特に中学生のころなどは、得体の知れないエネルギーに突き動かされるように食べ物を腹に詰め込んだ。でかい弁当箱に、箸《はし》が折れそうなほどぎゅうぎゅうに米を詰め込んで、学校に持っていった記憶がある。

その時期も終わり、十代も半ばを過ぎたあたりからは面倒で朝食を抜いたり、夜でも適当にスナック菓子などをつまんですませることも多くなっていた。

今は違う。特に練習の前などは真剣に食べる。

エナジーバーやあんパンなど、簡単にカロリーを補給できるような食べ物も持ち歩いている。食べることは、自転車競技の一部なのだ。

櫻井は自転車選手にしては小食の方で、普段はそれほど量を食べるわけではないし、食べるのにも時間がかかる。

俺は晴れ間を探して、空を見上げた。だがどこにも雲の切れ間はない。それどころか、ぽつり、ぽつりと雨粒まで落ちてきた。

「心配かけて悪いな。だが、悪いのは櫻井だ。おまえは心配するな。櫻井の調子が悪いようなら、自分のペースで挑戦してみてもいいぞ」

この先も、学生レースは頻繁にある。なにもこの一戦で終わるわけではない。

そうわかっていても、俺は残念な気持ちを抑えきれない。

雨が少しずつ強くなってきた。村上が言う。

「濡れると体力が落ちる。部屋に帰れ」

部屋に戻ると、櫻井はもうベッドにいなかった。洗面所から顔を洗う音が聞こえてくる。目を覚まそうとしているのか、激しい水音は何度も繰り返されていた。

俺はパジャマ代わりのTシャツを脱いで、サイクルジャージに着替えた。

しばらくして、櫻井が洗面所から出てくる。彼はすでに身支度を終えていた。どこに行っていたのかとも尋ねずに言う。

「メシに行くぞ」

朝食会場は二階のホールだった。旅館のように和室ではなく、学食のようなテーブルが並んでいて、色とりどりのサイクルジャージを着た選手たちがすでに食事をはじめていた。

ビュッフェ形式で、壁に沿って料理が並んでいる。

試合の朝、なにより大事なのは炭水化物だという。それをどれだけ身体の中に蓄えられるかで、体力は変わる。

この宿泊施設にもそこは伝わっているらしく、ビュッフェの中にパスタも二種類あった。

俺は白米と生卵、味噌汁《みそしる》のほかに、トマトソースのパスタも取った。ビタミンを摂取するためにオレンジジュースも取る。

櫻井は食パンを三枚取っている。普段の櫻井からすると、驚くような量だ。どうやら小食な分、パンに蜂蜜《はちみつ》やジャムを塗ることでカロリーを摂取する作戦らしい。

カフェオレにも砂糖を何杯も入れている。

米はともかく、パスタは前から茹《ゆ》でているので、少しもおいしくはない。だが、これは楽しみの食事ではないから、味は関係ない。もくもくと口に運ぶ。

少し遅れて隈田も朝食会場にやってきた。櫻井と同じようにパンを何枚か皿に取っている。あとはスクランブルエッグや少量のサラダ。

二膳《ぜんめ》目の白米を食べ始めた俺を、櫻井はじっと見た。

「おまえ、ほんま、よう食うな」

彼は二枚のトーストを食べ終え、三枚目に蜂蜜を塗っている最中だった。どうやらすでに、腹は一杯でげんなりしているように見える。

「だって、食べるのも大事なんでしょう」

俺はこのくらいの量で、苦痛は感じない。

もちろん、普段よりはたくさん食べているし、レースを前にしていなければ満足しているだろうが、だが腹がはち切れそうだというわけではない。食おうと思えば、まだ食べられる。

もっとも、動けないほど食べてしまえば、思うように走れないのは当然で、その兼ね合いが難しいのだろう。

幸い、胃腸はかなり丈夫な方だ。フランスにいたときに外食をすれば、日本では考えられないような量が出てくるが、それも大して苦労せずに食べきっていた。

だが、まわりを見回せば、俺よりもたくさんトレイにパスタを盛り上げている選手もいる。

「櫻井さんが小食なんでしょう」

そう言うと櫻井はあきらかにむっとしたような顔になった。そのままもう一枚のトーストをもぐもぐと食べ始める。

眉間に皺は深く寄っていて、どう見てもおいしそうではない。

俺はそれを横目で見ながら、自分の食事に集中した。


雨の中、開会式が始まる。

といっても小学校の朝礼よりも人は少ない。百人程度の選手と数えられるほどの運営委員たち。

前にある壇は、ブロックを積んで板を渡しただけの急ごしらえのものだった。たぶんレースのあとは、これが表彰台として使われるのだろう。

さっさと済むものだと思っていたが、運営委員長の挨拶のあと、壇上に立った市会議員の挨拶が長かった。

しかも、自転車の話題ではなく、自分の自慢話や土地のアピールポイントなどについて話し続ける。自転車ロードレースになど興味がないのは聞いていてよくわかった。ウインドブレーカーを着ているとはいえ、雨の中、十分、二十分とだらだら立たされるのは、地味に身体に堪《こた》える。まだ歩いたり、自転車に乗っている方がずっと楽だ。市会議員は傘を差して喋っているから、なんとも感じないだろうが、次第に選手たちのいらいらが高まっているのがわかる。

櫻井があからさまに舌打ちをした。まわりの選手たちの視線が集まる。

いきなり怒鳴りださないか、ひやひやしたが、さすがにそれは抑えたようだ。あきあきするほど立たされた後、やっと開会式が終わり、俺たちはスタート地点に移動した。

「身体冷えちゃったよね」

隈田がそう言いながら身震いをした。華奢《きゃしゃ》で、筋肉量が少ないからその分よけいにつらそうだ。

櫻井がこちらを見る。

「正樹、おまえはどうや」

「俺ですか？　俺はなんとか……」

「行けるな。じゃあ、頼りにしてるぞ。集団から遅れるなよ」

そういう櫻井の目はらんらんと輝いていた。雨が降っていて、寝不足で、あきらかに体調は万全ではない。だが、彼は気迫に満ちていた。

「集団から遅れたら、ケツ、蹴るからな」

「勘弁してください」

はじめてのレースなのに、ハードルが高い。櫻井はにやりと笑った。

「大丈夫や、おまえやったら行けるで」

スタート地点で、ピストルが鳴らされる。

レースのはじまりとは思えないほどゆるやかに集団は動き始めた。集団走行の流れを作る。

正式なスタートはここから二キロ先。それまで身体を温め、集団走行の流れを作る。

隣の自転車との距離が近くて、そのことに背筋がざわざわとする。いきなり後ろの自転車が追い越してこないか、不安で何度も振り返ってしまう。

フランスでは自転車は紳士のスポーツだと言われていた。

その理由が今、わかった気がする。同じチームだけではなく、一緒に戦う選手をすべて信用していなければ、こんなに大勢で走れるはずはない。

俺はまだ、この集団を信じ切れない。そして、自分も。

深呼吸をして気持ちを落ち着ける。

櫻井の後ろにぴったりと付き、彼の速度に合わせて走る。

チェーンの音が、荘厳《そうごん》な音楽かなにかのようだ。それを聞いているうちに、集団の鼓動のようなものを感じた。

ひとつになって走る。まるで巨大な生き物のように。

正規スタートのフラッグが振られた。

前方にいた選手たちが、いきなり飛び出して行く。後ろから前に進もうとする選手もいる。

少し戸惑うが、それでももう怖くはない。

櫻井はまだ集団の中程にいる。だが、彼がじりじりと前に進もうとしているのはわかった。俺はタイミングを計って、後ろではなく彼の隣に並んだ。

コースの途中に、いくつかポイントがあり、そこを上位で通過した選手には点が与えられる。最終的な順位以外にも、そのポイント賞を狙《ねら》う戦い方がある。

今回、櫻井は最終的に表彰台に上ることを目標にしているから、ポイントは気にしない。

前半に飛び出す選手はポイント賞狙いだから見逃していい。前半は遅れずに大集団の中で力を蓄えること。

理屈ではわかっている。だが、まだ感覚がついてこない。

どこまで耐えればいいのか、最初に飛び出した選手がそのまま逃げ切ってしまうということはないのか、気持ちだけが焦《あせ》る。

一周は二十分くらいで駆け抜けてしまう。拍子抜けするほど速い。坂道も楽にやりすごすことができた。

二周、三周と進むうち、次第に雨が気にならなくなってくる。ウインドブレーカーの内側が蒸れるのが少し気になるが、それでも耐え難いほどではない。前の選手が跳ね上げる泥も、目に入らなければなんということもない。

四周目あたりから、少しずつ選手が少なくなっていく。

パンクや落車、もしくは体力不足などで遅れていく選手だ。

る。

隈田はすでに少し苦しげだ。気がつけば、集団後方に落ちてしまっている。

俺と櫻井は、メイン集団前方で好機をうかがう。

七周目に隈田の姿が見えなくなった。何人かの選手が飛び出しては、また吸収される。

八周目に櫻井が動いた。

まるで滑り出すように集団から飛び出す。隣にいてその気配を感じた俺は、後に続いた。

集団からふたりになると、空気抵抗がまるで違う。ペダルが急に重くなる。

アドレナリンが身体を駆け巡る。後ろで集団が緊張するのもはっきりとわかった。

そのままスピードを上げようとすると、櫻井が叫んだ。

「正樹！　おまえはこんでええ」

「え？」

「集団に戻れ」

そう言われて戸惑う。ひとりよりもふたりのほうが空気抵抗を分担することができる。後半になれば俺が前を引くことで、櫻井も体力を温存できるはずだ。

「ええから、戻れ」

櫻井は鋭い声でそう言うと、また速度を上げた。ついていこうと思ったら、ついていけた。だが、俺は速度を上げずに足を止めた。

櫻井の背中が先に進んでいく。

後ろからやってきた集団が大きな波のように俺を呑《の》み込んだ。

行けたのに、という不満が胸の中で燻《くすぶ》る。俺が集団に残ることで、戦略的な意味があるのかもしれないと自分に言い聞かせたが、それでも納得はできなかった。

あるとすれば、櫻井がもう一度、集団に吸収されたときに戦力になるというだけだが、それよりも、今ここで、ふたりで協力して先に行った方が絶対にいいはずだ。

櫻井はまだ先頭ではなく、この前に先行している選手が何人かいる。

腹立たしさがこみ上げる。思うように走れない。これがロードレースというものなのだろうか。

アシストとして、櫻井の勝利に貢献しろということには不満はない。

力を出し切って戦って、それが櫻井の勝利に繋《つな》がるのなら、それでいい。だが、できることをやるなと言われることには腹が立つ。

結局、その後の戦いは、前方で繰り広げられ、櫻井が再び集団に戻ってくることはなかった。

ゴール間近になって、アナウンスが聞こえてくる。

優勝したのは櫻井だった。


ベニヤでできたような表彰台の上で、櫻井は不機嫌そうな顔で賞状を抱えていた。

十位までの選手が表彰される。

俺は、十八位だった。はじめてのレースにしては上出来だと村上も褒めてくれた。

だが、俺の気持ちは晴れない。

あのとき、櫻井と一緒に逃げていれば、もっと先まで行けた。もしかすると、十位以内も狙えたかもしれない。

もちろん、それはやらなかったからこその甘い観測だ。

確実に上位の壁は厚いはずで、あのとき前に飛び出し、必死に戦った結果、今よりも順位が落ちていた可能性だってある。

やるべきことをやってそれなら納得できる。今のもどかしい気持ちは、自分の実力を出し切れなかったせいだ。

森脇のことばを思い出す。

あくまでも個人ロードレース大会だから、あのとき櫻井の言うことを聞く必要などなかったはずだ。

胸の奥に疑惑が生じる。

櫻井はもしかすると、俺を警戒したのではないだろうか。

普段の練習なら、櫻井の方が圧倒的に強い。だが、櫻井は昨日、寝不足で体力が低下しているはずだ。俺も、明け方は櫻井に釣られてあまり寝られなかったが、それでも十一時から四時までは、ぐっすりと眠っている。櫻井はそれを見ているはずだ。

思えば、はじめから俺はこのチームにとって、兵隊に過ぎなかったのかもしれない。

村上に怪我をさせたから、その償いとして自転車部に入らせて、戦力にする。同士ではなく、ただの働き蟻《あり》だ。

最初は俺も、それに気づいていたはずだった。なのに、走る楽しさがそれを凌駕《りょうが》した。

表彰台の上、櫻井は優勝賞品の米袋を持たされて、困ったような顔になっていた。

それを見上げながら、俺は思う。

ただの兵隊なんてまっぴらだ、と。

5

自分の性格は大嫌いだ。

どんなに親切にされて、その人に好感を抱いていても、どこかでシニカルにかまえてしまう。人を心底信用することができない。仲のいい友達と笑いあっているときも、心の一部は氷のように冷えている。

それでもときどき、この性格に感謝したくなることがある。特に人から裏切られたり、失望させられたときなどは。

もし、俺が他人を素直に信じるような人間なら、受ける傷ももっと深いだろう。

信州でのレースの後、俺の櫻井を見る目は変わった。

だが、たぶん隈田や村上には気づかれていない。親切な先輩だと思っていたときからすでに、櫻井にはどこか踏み込めない相性の悪さを感じていた。

もちろん、櫻井も気づいていないはずだ。彼はいつも自分の感情の赴くままに行動している。俺がどう考えているか、気にすることもないだろう。

念願の優勝を果たしたというのに、なぜか櫻井はうれしそうな様子は見せなかった。レース終了後も、不機嫌なまま帰りの車に乗り込むと、そのまま後部座席で横になって、小さないびきを立て始めた。疲れている上に睡眠不足なのだから仕方がないとはいえ、その様子には優勝の高揚感はまったく感じられない。

むしろ、隈田と村上の方が喜んで盛り上がっている。

「やっぱり正樹に入ってもらってよかったな」

窓の外を眺めていると、いきなり名前を呼ばれて戸惑う。運転席の村上が笑った。

「なんだ、話を聞いていなかったのか。正樹が優勝の貢献者だって話をしているんだ」

俺は慌《あわ》ててシートに座り直した。

「やめてくださいよ。そんなことないです。なんにもアシストらしいことはできませんでしたし」

それは謙遜《けんそん》でもなんでもない。事実、俺は途中まで櫻井と一緒に走っただけだ。

「それでも最終グループまで残ったじゃないか。最終グループの中にチームメイトがいればいろんな戦い方ができる。櫻井があのタイミングで思い切って飛び出せたのも、おまえがいたからだと思うぞ」

　そう言われると、さすがに悪い気はしない。

　だが、本当はもっと先まで行けた。櫻井と一緒に飛び出せば、自分の順位をもっと上げることができたのだ。

　あのときの櫻井の顔が脳裏に浮かぶ。

――正樹！　おまえはこんでええ。

――集団に戻れ。

　まるで噛《か》みつく寸前の犬のような顔をしていた。あの表情は、戦略的に俺を集団に残そうとしているようには思えなかった。

　なるべく悪意には取りたくないが、複雑な気持ちが胸に燻《くすぶ》っている。

「まあ、これまでは櫻井以外は最終グループには残れなかったからな。堀田も俺も。おまえがいたからこそ、櫻井が優勝できたと俺は思っているよ」

　村上のそのことばは、正直買いかぶりにしか思えない。

「たまたまですよ。俺がいたからというのは、櫻井さんに失礼です」

　俺を集団に戻したのが、嫉妬《しっと》か追われる不安かだったとしても、櫻井が自力で優勝したことには違いはない。そこは素直に賞賛すべきだ。

「まあ、おまえをスカウトした俺の目が確かだったってことだ」

村上がそう言うのを聞いて、俺は苦笑した。

確かに、自転車競技に向いているとは、自分ですら気づかなかったことだ。そのきっかけを作ってくれたことには感謝している。

村上はハンドルを切りながら言った。

「正樹。おまえはまだまだのびるよ」

そう言われて、俺はどう答えていいのか迷う。とりあえず言った。

「ありがとうございます」

おだてられて、舞い上がっているとは思わない。

俺はまだ自転車に乗り始めて二ヶ月しか経《た》っていない。自分でもわかる。まだ先まで行ける。もっと先まで。

後部座席で櫻井が寝返りを打った。

俺は思う。いつか、彼を追い越せるだろうか、と。

その日、俺はひとつの決心をした。

体重を落とすこと。この体重が自転車競技をするには重すぎることには気づいていた。レースに参加しても、俺のようにがっしりとした体型をしているものはほとんどいなかった。

これまでは身長もあるし、柔道をやっていたからだと自分に言い訳してきたが、強くなるためにはこのままでいいはずはない。

無理なダイエットをして筋肉まで落としては元も子もないが、それでも食事制限は必要だ。

レースの前以外は甘いものや炭水化物は最低限にして、脂肪分の少ない肉や魚、野菜をたっぷり取ること。揚げ物や脂肪分の多そうな料理はなるべく避けること、そう考えれば外食やコンビニ弁当で食事をすませるわけにはいかない。

幸い、ひとり暮らしをはじめるときに、母が鍋《なべ》やフライパンなどは持たせてくれた。これまではせいぜいインスタントラーメンやパスタを作る程度だったが、これからは自炊をしなければならない。料理のレシピなどは、インターネットで探すことにした。

食べることは楽しみのひとつだったから、そこを制限しなければならないのはかなり辛《つら》かった。揚げ物、グラタン、焼き肉や炒飯《チャーハン》など、これまでの好物はどれもカロリーが高い。

それをやめて、家で野菜を茹《ゆ》で、鶏胸肉《とりむねにく》や白身魚をホイル焼きにする。豆腐や納豆なども必ず食べる。料理が上手ならば、もう少しいろんなメニューを考えることができるだろうが、今の俺にはこれがせいいっぱいだった。

食事は味気ない上に、コンビニ弁当を買うよりも金がかかる。なによりも練習が終わってから自分で食事の支度をするのは面倒だ。

それでも、食事を変えたことで、俺の身体《からだ》は確実に変わっていった。

脂肪と筋肉が入り交じった身体から、脂肪だけが削《そ》ぎ落とされていく。毎日の練習量もあって、体重は面白いくらいに落ちていった。

なによりも疲れにくくなった気がする。量はしっかり食べているから、空腹感もそれほどない。

鏡に映る自分の顔が日に日に精悍《せいかん》になってくる。毎日外で自転車に乗っているせいで、顔や腕も浅黒く日焼けしてきている。

最初に着た時は借り物のようだったサイクルジャージが、次第に身体に馴染《なじ》んできていた。

次のレースを思うと、ひどく喉《のど》が渇くような気がした。

信州のレースから、二週間が経ったころだった。

部室に行くと、櫻井がひとりで畳に寝そべっていた。着替えようとすると、彼は横目で俺をちらりと見た。

「今日は部長も隈田も休みやで」

「隈田さんもですか？」

村上が今日、所用で練習にこられないということは聞いていたが、隈田も休みとは知らなかった。

「隈田は歯医者や」

そういえば、昨日の練習のとき、歯がしくしくすると言っていた。歯医者に行くように勧めたのだが、そのときは「歯医者は嫌いだ」という答えが返ってきた。

「どうやら、昨日の夜から我慢でけへんくらい痛くなったらしい。今日会ったら、顔半分腫《は》れてたで」

「それは……」

なんというか気の毒な話だ。たぶん歯の根に膿《うみ》でも溜《た》まっているのだろう。

櫻井とふたりきりというのも珍しい。レースのとき、ホテルで同室になって以来かもしれない。

正直、少し憂鬱《ゆううつ》だが逃げ出すわけにはいかない。

サイクルジャージに着替えて出てくると、櫻井は俺の身体をじろじろと見た。

「痩《や》せたなあ。食事制限でもしたんか？」

急に後ろめたいような気持ちになり、俺は笑顔を顔に貼《は》り付かせた。

「この前、やっぱりちょっと重い気がしたんで……」

「まあ、そうやろな」

櫻井はさらりと言った。先日、村上から聞いたが、櫻井の体重は五十五キロ前後らしい。身長が百七十近いことを考えると、やはり軽い。しかもひょろひょろではなく、しっかり筋肉がついていてそれだ。体脂肪率は十パーセントを切っているだろう。

俺は背が高いとはいえ、まだ七十二キロある。櫻井とくらべれば、十七キロ近く余分な荷物を背負っているのと同じだ。

今、俺が借りている村上の自転車が八・五キロ。つまり俺と櫻井の体重差は自転車二台分だ。そう考えるとぞっとする。

櫻井は畳の上でストレッチをはじめた。

「体重減らすのはええことやけど、やりすぎるなや。馬力が落ちたら、意味ないから

「はい、わかってます」

脚の筋肉を落としてしまえば元も子もないし、肩や腕の筋肉も決して不要なわけではない。ハンドルを握る腕の強さが、そのまま安定感になる。

腕を伸ばしながら、ちらりと俺を見る。

「おまえさ、自分の自転車は欲しくないんか」

唐突に問いかけられ、俺はまばたきをする。

「そりゃあ、欲しいです」

村上が使っていいと言うからそれに甘えているが、もちろん自分の自転車は欲しい。

だが、競技に使う以上あまり安いものを買うわけにはいかない。そうなると、どんなに安くても十五万以上ということになる。簡単に手が出る金額ではない。

しかもそれが最低レベルだ。百万を超えるようなロードバイクもざらにある。

高ければ高いほど、自転車の重量は軽くなる。よいものが欲しいと思えばきりがない。

夏休みに入れば、バイトをする時間もたっぷり取れる。金を貯《た》めてからまた考えるつもりだった。

「うちに使ってないフレームあるんやけど、俺にはちょっとサイズがでかいねん。いるか？」

驚いて尋ね返す。

「いいんですか？」

「俺はどうせ使われへんからええよ」

櫻井はあっさりとそう言った。

「でも、サイズが合わなくてもオークションで売るとか……」

言いかけた俺のことばを、櫻井は即座に遮った。

「知らん奴《やつ》には売りたくない。おまえは俺のアシストやから、やってもええ」

一瞬、ものにで懐柔されているような気持ちになる。

「それに、自転車を組み立てるなんて難しいんじゃ……」

できたもののパーツを交換する程度ならば、俺にもできる。だが、一から組み立てるとなると話は別だ。できないわけではないが、特殊な工具が必要な工程があると聞いている。

「フレームといっても、完全に組んだロードから俺がパーツを取っただけやから、ヘッドまわりはそのままや。あとはホイールや、細かいパーツをつけるだけやから、おまえでもできるやろ」

「いいんでしょうか」

櫻井はゆっくりと立ち上がった。

「これから見にくるか？」

「これからですか？」

そう言うと、櫻井は眉間《みけん》に深い皺《しわ》を寄せた。

「別に今日やなくてもええけど……隈田や部長にはあんまり知られたくない」

櫻井がそんな顔をするのをはじめて見たような気がする。

彼はビンディングシューズに足をつっこんだ。

「まあ、見るだけ見にこいや。いらんかったらそれでええし」

「はあ……」

櫻井の家は、大学から歩いて十分くらいのところにあるらしい。隈田もその近くに住んでいると、前に聞いた。

ふたりで自転車に乗って、彼の家へと向かう。辿《たど》り着いたのは、古い二階建てのアパートだった。郵便受けの錆《さ》び方が築年数を物語っている。

敷地の中に自転車を停め、ぎしぎしと鳴る外階段を上った。

櫻井の部屋は意外にもきれいに片付いていた。玄関脇《わき》のキッチンには、炊飯器や電子レンジが並んでいて、食器も籠《かご》の中にきちんと伏せられている。

家具は腰までの高さの本棚と、ちゃぶ台がひとつあるだけだ。

窓際《まどぎわ》には、黒い自転車のフレームが立てかけてあった。フレームだけと聞いたが、ハンドルもそのままついている。

「あれや」

顎《あご》でしゃくるようにして示す。近づいてよく見る。フレームにはFUJIというロゴが入っていた。国産の自転車メーカーだ。

「触ってもええで」

おそるおそる触れる。俺が今借りている自転車のフレームとはあきらかに違う。

「これ……フルカーボンですよね」

「おう」

「高いんじゃないですか？」

もちろんカーボンフレームにも値段の差があり、中には安いものもある。だが指に触れた質感が、高級品であることを伝えていた。持ち上げてみるとかなり軽い。

「たぶんな。でも中古品やし、俺が買ったわけやないから知らん」

「誰のなんですか？」

そう口に出してから、一瞬聞いてはいけないことを聞いてしまったような気がした。

だが櫻井はさらりと答えた。

「兄貴のや」

「ああ……」

「兄貴はもう乗らへんから、俺がもらった。パーツは全部、俺のロードに付け替えたけど、フレームはやっぱり合わへんねん。無理に乗ってみたけど、やっぱり違和感あるし」

「いくらくらいするんですか？」

「知らん」

即答だ。だがそのフレームは新品のように磨かれていた。大切に使われていたことがよくわかる。それとも磨いたのは櫻井なのか。

フルカーボンモデルで高級品だと、フレームだけで三十万くらいするものもあるはずだ。もちろん、もっと安いものもあるのだが、俺には判断がつかない。

俺の困惑に気づいたのか、櫻井は鼻で笑った。

「もう五年くらい前のやねん。だからそのときは高くても、今のモデルにくらべたら、そこまでええわけでもないと思うで」

ロードバイクの規格はもう何十年と変わっていないが、メーカーは常に最先端のモデルを発表し続ける。技術力を注ぎ込んで作るのは、軽く、しなやかなフレームだ。マウンテンバイクのようなサスペンションがないから、乗り心地はフレームに左右される。

今借りている村上のロードバイクは、アルミフレームだ。カーボンはアルミより柔らかく、乗っていて疲れにくいと聞く。

なにより進歩しているのは軽さだ。特に斜度のある坂を走るのなら、フレームが軽いことは大きなアドバンテージだ。

競技用の自転車はルールによって最低重量が定められているが、最近ではそれよりも軽い自転車が開発され、わざと錘《おもり》をつけて最低重量に達するようにするという、本末転倒なことも行われているようだ。それだけ技術が進歩しているということなのだろう。

俺はもう一度、そのフレームを持ち上げた。

今乗っているフレームより、かなり軽い気がした。

アルミにはアルミのよさがあり、ヨーロッパのトッププロの中でもアルミフレームを愛用している選手もいるという話だが、それでも競技用の自転車と言えば、ほとんどがカーボンだ。櫻井もＴＩＭＥのカーボンフレームに乗っている。

もちろん、欲しい。だが、高価なものだということがわかるだけに、簡単にもらうわけにはいかない。

「やっぱり、ちょっと……」

ことばを濁すと、櫻井は少し笑った。

「気が引けるか？」

「はい……」

そう言いながらも、たぶん欲しい気持ちは顔に出てしまっている。

「俺、売る気ないし、ここ置いておいても、単に洗濯物かけるだけのままやで」

つややかなフレームを見ただけでも、そんな雑な扱いをされていないことはわかる。たぶん、俺の気を軽くしようとしてくれているのだろう。

「もらってくれるとうれしいんやけどな。フレームも可哀想《かわいそう》やし」

彼はなぜか、寂しげにそう言った。

俺は考えた。今でも村上の好意に甘えている。ならば、甘える相手が変わるだけかもしれない。

「じゃあ、貸してください。櫻井さんが返してもらいたいと思ったらすぐに返します」

「なんや、乗り倒して、ぼろぼろになってから返されても困るぞ」

「それはわかってます。でもやっぱりもらうのはちょっと気が重いですから……」

櫻井はそっとフレームを撫《な》でた。

「そうか。やっぱりそうやな」

誰も乗る人がいないのなら、確かにもったいないと思う。カーボンの欠点は耐久性で、紫外線によって少しずつ劣化していくと聞いた。

室内での保存だから、五年くらいでは大した変化はないはずだが、このままずっと放置されていれば少しずつ状態は悪くなっていく。

「わかった。じゃあ貸すわ。大切に乗れよ」

「ありがとうございます」

俺は勢いよく頭を下げた。

これをもらうとしても、ホイールなどは自分で買わなければならない。せっかく軽量なフルカーボンフレームなのだから、そこそこいいパーツをつけてやらなければ、宝の持ち腐れだ。

やはりアルバイトをして金を貯めなければならない。自分の自転車を手に入れるのは、もう少し先になりそうだ。

パーツを買う金が貯まったら、改めてフレームをもらいにくる約束をして、俺は大学に帰ることにした。

「もう今日は大学帰るの面倒くさいから、近所で適当に乗るわ」

櫻井はそう言って、俺を部屋から送り出した。

確かにどうしてもふたりで練習しなければならない理由はない。練習に関してはまじめだと思っていた櫻井でも、面倒くさいと思うことがあるのだと、少しおかしくなる。

村上の自転車に跨《また》がって、シューズをペダルにはめた。

踏み出しながら考える。

先日のレースのとき感じた違和感は、まだ払拭《ふっしょく》されたわけではない。

だが、彼が俺のことを気遣ってくれているのは確かだ。俺のことが気に入らなければ、あのフレームをくれるとは言わないだろう。サイズが合わないのに、あの狭いアパートまで持ってきているということは、大切にしているということだ。

それだけではなく、彼の態度には押しつけがましいところはなく、高価な品で懐柔しようとしているとは思えなかった。

いくら俺がシニカルなタチだとはいえ、純粋な好意には悪い感情を持ちようがない。

学校裏の坂道を登りながら、ペダルがいつもより軽いような気がした。


二度目のレースは、七月の終わりに行われた。

お台場でのクリテリウム。数少ない、東京で行われるレースのひとつだった。

クリテリウムとは街中で行われる周回レースを主に指す。日本では公道を使うロードレース自体の開催が難しいため、周回レースが行われることが多いが、自転車レースの本場、ヨーロッパでは、シビアなワンデーレースとクリテリウムには明らかな線引きがある。

クリテリウムはレースというより、お祭りやイベント的な役割が大きいらしい。選手にとっては、賞金を稼ぐことができて、そして観客にとっては有名なプロ選手を間近で観戦できるという楽しみがある。

ロードレースは一瞬で走り去ってしまうが、クリテリウムならば同じ場所で観戦していれば、何度も選手が通る。わざわざ観戦ポイントを移動する必要もない。

日本でもそれは変わらない。今回のクリテリウムも、テレビ局のイベントのひとつとして計画されたものだった。

概要を手にしてから、ずっとこのレースを楽しみにしてきた。

まずひとつは、ほぼ平坦《へいたん》なコースだということ。体重も七十キロを切ったとはいえ、俺はいまだに登りを少し苦手にしている。平坦では、櫻井にかなり迫ることができても、登りでいつも引き離される。

体重という圧倒的なハンデがあるから仕方がないと思いたいが、たぶんそれだけではない。選手としてのタイプが違うのだ。

櫻井の走りは、平坦でも軽い。風に乗るように、無駄のないフォルムで走る。軽いギアをくるくるとまわして、あまり力を使わない。

俺もその走り方を真似《まね》ようとしたが、うまくいかない。俺は、力にまかせて重いギアをぐいぐい踏む方が速度も出るし、疲労も感じない。

一度、村上に言われたことがある。

「なんか、おまえの走り方ってイノシシが走ってくるみたいだよな」

どう考えても褒められているとは思えないが、上手《うま》い表現だと思ってしまった。

俺の走り方がスマートでないことぐらいは、自分でもわかっている。もともとスポーツを長く続けてきたせいもあり、自分の身体がどう動いているかははっきりとイメージできる。

俺はどんな競技をやってもパワー型の選手であり、そこを変えようと考えれば、よけいにパフォーマンスは落ちるはずだ。

無理に体重を落としてヒルクライムに対応するよりも、平坦やタイムトライアルでの力を磨いた方がいい。

つまり、この真っ平らなクリテリウムは俺に向いている。

そして、もうひとつ楽しみな理由がある。コースの道幅が広くなく、距離も短いため、参加選手は三つのクラスに分けられた。

櫻井はクラス1。そして俺と隈田はクラス3だ。

櫻井から指示を受けることもなく、そして櫻井のために走る必要もない。はじめて自由に自分のために走ることができる。

そう考えると胸が躍った。

不安は、真夏の都心の暑さだが、これは考えても仕方がない。海沿いだから意外に涼しいかもしれない。

アルバイトは、同級生の紹介で、家庭教師派遣会社に登録することができた。家庭教師のバイトは割がいいし、肉体的な疲労度も少ないので助かる。

順調にいけば、夏休みのバイトでパーツ代を手に入れることができるはずだ。

新しいロードバイクのことを考えると、気持ちが昂《たか》ぶる。

たぶんそれを手に入れれば、翼を手に入れたような気持ちになるだろう。

クリテリウムの日、東京は真夏日となった。

雲ひとつない晴天は、夏らしいとも言えるが、これからのことを考えると憂鬱でしかない。熱中症にだけは気をつけなくてはならない。

レースは二日間。クラス3のレースは一日目の午前中。クラス1は二日目の午後だ。

櫻井は、一日目のレース会場にはこなかった。

仕方がない。信州のレースのときにも気づいたが、櫻井は意外にナーバスで、そして体力に欠ける。レースのときには、集中力や運動能力で切り抜けているが、レースが終わるとぐったりとなり、急に小さく見える。

俺は無茶がきくタイプだから、そういう意味でも正反対だ。

この天候ならば、櫻井は家で体力を温存したほうがいい。天気予報によると、明日も晴天で気温は三十二度を超えるという話だった。

会場に向かう車の中で、隈田がぼそっと言った。

「元紀は暑いの苦手だからさ」

「え、そうなんですか？」

夏休みに入ってから、練習は早朝六時からはじめて、九時には終わらせている。早起きは辛いが、練習の後、部屋で昼寝をするのは気持ちがいい。

心地よい疲労感が、エアコンなしの部屋でも深い眠りに誘ってくれる。

早朝はさすがに涼しいから、櫻井が暑さを苦手にしていることなど知らなかった。

もともと新光大の近くは山だから、都心よりは気温が低い。

運転をしながら村上が言う。

「苦手だと言うわりに、夏のレースの方が成績いいんだよな」

「じゃあ、本当に苦手なわけじゃないでしょう？」

「いや、終わってから吐いたり、二、三日寝込んだりするんで、本当に苦手らしい」

それが本当なら、精神力で体力の限界を乗り越えているということだ。

だが俺は知っている。無茶をし続けると、身体にも負担がかかる。すごいとは思うが、体力と精神力は両輪のようなもので、片方に無理をさせるのはいいことではない。

明日はどうだろう。真夏日の午後三時。真昼よりはわずかに日差しは傾いているが、それでもまだ太陽は照りつけているだろう。

「正樹、おまえはどうだ？」

村上がミラー越しに俺を見る。

「普通だと思います」

どちらかというと冬の方が楽に感じるが、汗をかくぶん身体も動くし、特に苦手だとは思わない。もっとも、都心のアスファルトの上を走ったことはない。バテてしまわないように気をつけなければならない。

会場に着いて、受付をすませてから、エナジーバーを囓《かじ》り、薄めたスポーツドリンクを飲む。

今日、俺たちが走るのは、約十一キロ。信州のレースの一周回程度の距離だ。たぶん、レース自体は十五分もかからないはずだ。

明日は違う。クラス1のレースは二十四キロだから、倍以上の長さだ。

コースにはほとんど観戦者はいない。まだお台場の店なども開いていないから、人影もまばらだ。

仕方がない。俺たちは前座ですらない。

このあと、女子のレースや、クラス2のレース、一般参加者のレースなどもあり、本番は明日だ。

明日は実業団の選手たちと、学生の中でもトップクラスの選手とが一緒に走るクラス1のレースがある。観客たちはそちらに群がるはずだ。

だが、ここで勝たなければ上のクラスには上がれない。観客がいようがいまいが、走る者たちには関係がないのだ。

気持ちを入れ直していると、ふいに声をかけられた。

「新光大の人たちだよね」

振り返ると、三十代くらいの男性が立っていた。髭《ひげ》を生やして、髪を後ろに束ねている。あきらかに会社勤めではない風貌《ふうぼう》だ。肩から大きなデジタル一眼レフを下げている。

ジャージに大学名が書いてあるから、わざわざ聞かなくてもわかるだろう。

「そうですけど……」

戸惑いを露《あら》わにして答えると、彼はアロハシャツの胸ポケットから、名刺入れを出した。名刺を俺に差し出す。

「月刊ベロジャパン　ライター　新島光《にいじまひかる》」

自転車雑誌の名前が名刺には書いてあった。隈田は横からその名刺を覗《のぞ》き込んだ。

「おおっ、すげえ。ベロジャパンだって」

書店でその雑誌は見かけたことがあるが、俺はまだ一度も買ったことがなかった。

名刺を隈田に渡す。

「で、なにか？」

「櫻井くんは今日はきてるの？」

櫻井に取材でもしたいのだろうか。俺は答えた。

「櫻井さんは明日しかきません。レースもクラス1ですし……」

「ああ、そうなのか」

彼はなぜか少し困惑しているような顔で言った。

ふと、不思議に思った。もし、櫻井を取材したいと考えているのなら、彼がクラス1のレースに出ることくらいは知っているはずだ。

第一、それ以下の学生選手に、自転車雑誌が取材をしたいと考えるはずがない。

「櫻井さんとお知り合いですか？」

「……いや、そういうわけじゃないんだけど……」

彼はなぜかことばを濁した。

「じゃあ、明日きたら会えるかな。レースの前にでも」

「そりゃあ、会えるでしょうけど、でもレース前は嫌がると思いますよ」

機嫌がいい時ですら柄が悪いのに、レース前のナーバスになっているときに話しかけるなんて、俺ならばごめんこうむりたい。

「そうか。そうだよな」

彼は自分に言い聞かせるようにそうつぶやいた。

「じゃあ終わってからでも声をかけるよ」

彼はそう言うと片手をあげて、俺たちから離れていった。

隈田は名刺と、新島の後ろ姿を見比べていた。

「元紀、ベロジャパンに載るのかなあ。すごいよなあ」

まあ、櫻井がいきなり食ってかからないことを祈るのみだ。


まだ九時だというのに、直射日光は容赦なく降り注ぐ。

すでに全身は汗だくだ。ジャージの背中も汗で濡《ぬ》れて気分が悪い。高級な新素材のジャージならまだしも通気性があるだろうが、うちのサイクルジャージはあきらかに安物だ。

百二十名近い選手がスタート地点に並んでいる。

だが、信州のときよりもぴりぴりした空気は感じない。強い選手たちがここにいないからだろう。

ゆっくりとスタートのフラッグが振られ、俺たちはペダルを踏み出す。

広場のまわり、八百メートルの短いコース。それを十四周する。

やはり試走をすべきだったかもしれない。走り出してからそう思った。

コースが短く、フラットなことはわかっていたから、試走でチェックしなければならないポイントは少ない。

約十一キロのレースというのも感覚が上手くつかめない。そのくらいの距離なら、最初から全力を出してもいけるかもしれないと思うが、後半ちょっとでも息切れしてしまうと元も子もない。

それに、もし間を空けられてしまうと、挽回《ばんかい》する機会もない。

大胆すぎてもいけないし、慎重すぎてもいけない。

俺は櫻井を真似て、少しずつ集団の中の位置をあげておく。

一周目を過ぎて、スタート地点に戻ってきたあたりで、四人の選手が大集団を飛び出した。あわてて、俺もペダルに力を入れた。

集団から飛び出すと、空気抵抗を全身に感じる。

たとえれば、大集団の中にいるときは、自分がでかくて鈍重な獣になったような気がする。感覚は分厚い皮膚に覆《おお》われて、神経まで届くのに時間がかかる。

五人のグループになったとたん、風の冷たさも重さも、びりびりと感じる。

日差しはどんどん強くなってきているが、それでも止まっているよりも走っている方がずっと楽だ。高速で走り抜ける風が、皮膚の表面を冷やしてくれる。

三周目に差し掛かる頃に、俺は気づいていた。このグループで飛び出したのは失敗だった。

一緒に飛び出した選手のひとり――オレンジ色のジャージを着たゼッケン37番が、先頭交代を拒んで、ローテーションに加わろうとしない。当然、ローテーションはうまくまわらないし、いらいらとした空気が広がっていく。

大集団との距離もなかなか広がらない。八百メートルの短いコースだから、大集団がどこにいるかもすぐに見える。

このままなんとか逃げ切っても、先頭交代に加わらない選手が足を温存している。

彼の脚力がどんなものかは知らないが、勝利をかっさらわれる可能性は高い。

グループの中に、投げやりな空気が漂いはじめていた。このままでは、大集団に追いつかれる。

業《ごう》を煮やしたようにひとりの選手が叫んだ。

「おまえ、ちゃんと前を引けよ」

37番は笑った。

「これも戦略だよ」

「ふざけるな」

こんな勝ち方は自転車レースでは嫌われるが、それでもルール違反というわけではない。事実、戦略として先頭交代に参加しないケースはいくらでもある。

たとえば、後ろの大集団にチームのエースがいて、エースに勝たせたいと思っているならば、飛び出したグループの力を削がなければならない。

そのためには先頭交代を拒むのは、有効なやりかただ。

ひとり、ローテーションに加わらないだけで、集団のスピードは落ちるし、なにより選手の気持ちを圧迫する。

どんなに残りの選手が力を合わせてゴールまで行っても、先頭交代に加わらなかった選手が足を溜めてゴールスプリントで勝利する。

そうわかっているのに、モチベーションを保つことのできる選手はそんなにいない。37番が頭がいいのか、それとも単にずるいだけなのかはわからない。どちらにせよ大した違いはない。

グループのうち、あきらかにふたりの選手は怒って、ペースを乱されていた。俺ともうひとりの選手――ゼッケン12番だけが冷静だ。

12番のサイクルジャージに書かれた学校名は、エリートとしか言いようのない有名大学のものだった。なるほど、と思う。

俺はもう大集団には戻りたくない。

こんなにばらばらのグループにすら追いつけない大集団など、大した選手はいないし、飛び出した時点で俺は体力を使っている。

賭《か》けを投げ出してゼロ地点に戻る前に、やることがあるはずだ。

俺は、12番に視線を投げかけた。彼はサングラスの中の目をしばたたかせた。伝わったように思う。

言ったつもりだった。

――一緒に飛び出そう、と。

この勝負に勝つためには、37番を振り切るのがいちばん賢い選択だ。そして冷静さを失ったふたりも。

頭のいい男ならばわかるはずだ。

俺は、ギアを重くしてペダルに力を込めた。ペダルを踏み壊すような勢いでスピードを上げる。

飛び出したことで、空気が壁のように襲いかかってくる。どうやら、ほんのわずかな向かい風だ。

ふと、村上のことばを思い出した。

——イノシシのよう……か。

もちろんスマートではないが、そのイメージはなかなか悪くない。前しか見ずに、勢いで頭からつっこんでいく。そのイメージが俺を駆り立てる。

気がつけば、ゼッケン12番のエリートは、ちゃっかり俺についてきていた。だが、これも俺にとっては悪いことではない。最後までひとりで行くよりも、ふたりのほうが戦える。

さっきまでいたグループはすっかり後方で小さくなっていた。

最悪な結果は、ゼッケン37番も一緒についてくることだったが、それは避けられた。

エリートは言った。

「すごいパワーだな」

俺は笑った。頭の中でイノシシをイメージしたと言ったらどんな返事がくるだろうか。

「俺も振り切ろうと思ってたよ。追い風のときに」

そう言われて気づく。周回コースなのだから、風向きが反対になる機会はかならずある。そのときを選んで飛び出していれば、逃げ切れる確率はあがった。

やはり、俺にはまだ経験が足りない。

ふたりでローテーションをしながら、走り続ける。さきほどの三人は大集団に吸収されたようだ。

だが、走っているうちに気づいた。エリートが前に出るとスピードが落ちる。頭はいいが、脚力はさほどでもない。

見れば、新しいグループが飛び出して、俺たちを追ってきている。

ふたりで行くのが賢いか、それともここでエリートを振り切った方が賢いか。

俺は少し考える。周回はあと六回残っている。

コースは半分を過ぎたあたりだが、距離にしてみれば五キロと少し。

心は決まった。イノシシならばきっと一頭で駆け抜ける。

生まれて初めて、先頭でゴールに飛び込んだ。

全身に鳥肌がびっしりと立つ。わかっている。これはクラス3のレースである。百二十人の中のいちばんになっても、上にクラス2が六十名、クラス1が三十名いる。トータルでいえば、上位とすら言えない。

だが、ひとつのレースに勝ったという事実には違いない。レースの途中、なんどか俺は賭けをして、それに勝った。

後半はひとりで走り続け、誰にも追いつかれずにゴールを切った。

誰にも文句は言わせない。圧倒的な勝利だ。

観客はまばらで、表彰式もあっさりとしたものだったが、それでも俺は満ち足りていた。

まだ行ける。まだ先まで行ける。そう自分に言い聞かせながら。

6

その夜、俺はほとんど眠ることができなかった。

布団《ふとん》に入っても、目は冴《さ》え続け、身体《からだ》に合わない薬でも飲んだかのように、心臓が激しく脈を打った。血が体中を駆け巡っているのが、わかる気がした。

わかっている。俺がつかみ取ったのは大した勝利ではない。

新聞に載るわけでもないし、記録として語り継がれるわけでもない。学生レースとしても大したレベルではない。実力のある人間はすべて、クラス1とクラス2のレースに振り分けられている。その残りの中で一番だっただけだ。

なのに、俺はひどく昂《たか》ぶっていた。もっと走りたい。自分がどこまで行けるのか試したい。

そして、もっと勝ちたい。

明日も櫻井の応援にお台場まで行かなければならないが、それでも自分が走るわけではない。多少寝不足でも問題はないだろう。

今はこの興奮をもっと味わっていたかった。


翌日、櫻井は車に乗り込むと同時に言った。

「正樹が勝ったって、ほんまか？」

誰の返事も待たずに、続ける。

「俺も今日勝つぞ。正樹に負けられるか」

負けるもなにも、もともとレベルが違う。負けず嫌いと言うか、子供っぽいと言うか。黙っていると、後ろから俺の座っている助手席を蹴《け》る。

「なんですか、もう」

振り返ると、櫻井はまっすぐ俺を見据えた。

「気持ちよかったか」

嘘《うそ》をついても仕方がないので、正直に答える。

「気持ちよかったです」

もう一度、座席が蹴られた。別に痛くはないが、相変わらず中学生のような態度だ。

「むかつく」

そう言うと、それっきり櫻井は黙りこくってしまった。

レースの前になると、人懐《ひとなつ》っこさが消える。不機嫌になるだけではない。分厚い雲に覆《おお》われたように感情が見えなくなる。

練習のときはあれほど楽しげに走っているのに、レースが苦痛なのだろうか。

こんな態度はレース当日だけで、翌日になると、けろりと元の櫻井に戻っている。

車は高速に入る。バックミラーに視線をやると、櫻井は窓に頭を預けて目を閉じていた。

眠っているわけではないと思う。寝息を立てていないし、ときどき居心地が悪そうに身じろぎをする。

だが寝たふりをしているというだけで、本当に眠っていなくても、その場の空気は少し和らぐ。少なくとも話しかけて機嫌を取る必要がないと思うと、気が楽だ。

村上はガムを嚙《か》みながらハンドルを握っている。

村上と隈田は櫻井の不機嫌には、慣れっこになっているのだろう。機嫌が悪いといっても、それは通り雨のようなもので、一日だけやり過ごせば、後に引きずることもない。

暇を持て余して、俺は携帯電話を開いた。豊からメールが入っていた。このレースが終われば、しばらく帰省するつもりだった。家庭教師をしている家が、家族旅行に行くということで、予定が空いた。豊は珍しく、「家ではなくて、外で会わないか」と言ってきた。「映画でも見に行こう」メールの文面にはそう書かれていた。

直接会って話した時の、ぎこちなさもたどたどしさも、メールからは感じられない。中学のときの豊がそのまま喋《しゃべ》っているような気がした。

俺は知っている。豊がこのメールを打つのには、普通の人の何倍も時間がかかるということを。

俺は返事のメールを打ち始めた。

ラジオの天気予報が、三十五度を超える猛暑日だと告げていた。櫻井の肩がぴくりと動いた気がした。

クラス1のレースは午後三時からはじまる。

駐車場に車を停めて、降りたときには、太陽はすでにてっぺんにあった。直火《じかび》で炙《あぶ》られているような暑さに、体中から汗が噴き出す。

冷房の効いた車内に逃げ込みたい気がするが、櫻井と村上が自転車を下ろしてメンテナンスをはじめているのに、後輩がそんなことをするわけにはいかない。

村上がちらりと俺を見た。

「正樹、念のため、スポーツドリンク三本くらい買い足してきてくれるか？」

くる途中に、二リットルのボトルを買ってきたが、たしかにこの暑さではそれだけでは足りないかもしれない。五百ミリリットルのボトルをふたつ用意すれば、一リットルしか残らないし、この暑さではレースが始まるまでにも水分が必要だ。もちろん櫻井だけではなく、俺たちも熱中症の危険がある。水分は多めに買っておいた方がいい。

「わかりました」

俺はポケットの小銭を確かめてから、自動販売機を探しに歩き出した。

時間帯のせいもあるのだろう。昨日と違い、人が道にあふれている。コースでは今、タイムトライアルのレースが行われている最中だ。コース沿いに人だかりができているのが見える。

レースを観《み》にきた客と、普通に遊びにきた人々が入り交じり、まっすぐ歩くことすら困難だ。

自動販売機を見つけて、小銭を出しながら近づいてから気づく。スポーツドリンクのところに、すべて赤いランプがついている。売り切れだ。スポーツドリンクだけではない。水も冷たいお茶も売り切れている。

残っているのは、コーラのペットボトルと、あとは缶コーヒーくらいだ。

悩んでいると、後ろにほかの客がきた。とりあえず、コーラを一本だけ買う。水分補給ならばコーラでもできるが、ボトルに入れるわけにはいかないし、なによりダイエットはまだ継続している。できれば甘味料の多いものは飲みたくない。

別の自動販売機を探すしかない。

歩いているだけで、Tシャツが汗で身体に貼《は》り付く。首にかけたタオルで、顔を拭《ぬぐ》いながら歩いた。

昨日の朝も暑いと思ったが、今日はそれどころではない。太陽は殺菌灯のように容赦なく照りつけている。

次に見つけた自動販売機もスポーツドリンクと水はすべて売り切れていた。暑さと人の多さに、商品の補充が追いついていないようだ。

観光客ならば、カフェに入ればいいが、選手や観戦者にとっては大きな問題だ。

幸い、無糖の紅茶やウーロン茶などはまだ売り切れになってはいない。考えた末、麦茶を三本買った。すでに喉《のど》が渇いていたので、そのうち一本を開けて少し飲んだ。ずいぶん時間がかかってしまった。両手にペットボトルを抱えて、駐車場まで急ぎ足で戻る。

車のそばには、櫻井ひとりしか残っていなかった。すでに着替えを済ませ、グローブを嵌《は》めている。櫻井は不機嫌に、俺を見た。

「遅かったな。みんな、おまえを探しに行ったぞ。迷子になったんじゃないかってな」

「まさか。スポーツドリンクと水が売り切れてたんです」

ペットボトルを差し出すと、櫻井は黙って麦茶を取った。

「ふたりとも探しに行ったんですか？ 携帯に電話くれればよかったのに」

「なんか電波がうまく入らないんだよ。人が多すぎるせいかな。あと飲み物もないと困るしな」

見れば、スポーツドリンクのペットボトルは、もう残り少ない。これでは、レースが終わるまで持たないはずだ。

そろそろ、受付時間が近づいてくる。櫻井が険しい顔で、ヘルメットを手に取る。

真夏のヘルメットは頭に熱がこもるせいで、息苦しくなる。それでもつけないわけにはいかない。ルールだからというより、命を守るために。

俺はもう知っている。自転車は格闘技と同じくらい危険の大きいスポーツだ。プロのレースを見ていても、落車が起こらないレースなどほとんどない。選手が救急車で運ばれていく場面もよく見る。

俺はさすがに、まだ大きな怪我《けが》はしていないが、擦過傷や打撲などはしょっちゅうだ。

危険なスポーツにはもう関わりたくないと思っていたのに、気がつけば俺はまたそのまっただ中にいる。逃げ出したいとも思わずに。

ふいに背後から、男の声がした。

「新光大の櫻井くんだよね」

振り返ると、そこには昨日も会った雑誌のライターがいた。たしか新島という名前だった。昨日と違う黄色いアロハシャツを着て、噴き出る汗をハンドタオルで拭っている。

「そうですが？」

櫻井は不機嫌を隠そうともせずに答える。

新島は名刺を櫻井に渡した。

「ベロジャパンの新島と言います。ちょっとレースの後、話を聞かせてもらえないかな」

櫻井はちらりと名刺を見ると、すぐそれを俺に押しつけた。

「勝てるかどうかわからないのに、約束はできないです。負けたら誰とも話したくなくなるし」

そっけない返事だった。雑誌の名前を見ても舞い上がる様子もなく、むしろ迷惑だと言っているように聞こえる。

新島も驚いているようだった。それでも食い下がる。

「じゃあ、よかったら連絡先教えてくれないかな。また改めて……」

「それじゃ、こっちから電話します。名刺もらいましたから」

そう言うと、櫻井は自転車に跨《またが》った。

「そろそろ受付に行かないといけないんで……」

新島は慌《あわ》てたように言った。

「ひとつだけ教えてくれないかな。きみ、あのミノワサイクルの櫻井選手とは関係あるの？」

一瞬、櫻井の肩が強《こわ》ばった気がした。

振り返ることなく言う。

「そんな選手知りません」

言い終わると同時にペダルを踏み始める。あっという間に櫻井の背中は遠くなってしまった。

新島は苦笑しながら頭を掻《か》いた。

「人違いかな。顔も似てると思ったんだけどな」

そして俺にはなにも言わずに、その場を立ち去る。レースが近づくと、急速に参加者専用の駐車場からは人がいなくなる。

俺はその場に立ったまま、ペットボトルの麦茶で喉を潤《うるお》した。

それからすぐに村上と隈田が帰ってきた。村上はコンビニ袋を両手にぶら下げていた。どうやら俺と同じようにスポーツドリンクを探して彷徨《さまよ》っていたようだ。

「どこもスポーツドリンク売り切れてやがる。ようやくコンビニ見つけて調達したけど、櫻井はもう行ったのか」

「さっき行きました」

コンビニ袋の中には一リットルのスポーツドリンクが二本入っていた。さすがにコンビニには残っていたようだ。

暑さはすでにピークに近い。立っているだけで、熱中症になりそうだ。改めて思う。櫻井は大丈夫だろうか、と。

同じことを考えたのだろう。村上が小声でつぶやいた。

「二十四キロだからな。まあ、大した距離じゃない」

確かにレースとしてならかなり短い。三十分ほどで終わってしまうくらいの距離で、プロのレースならばその十倍近い距離を走ることもある。だが、炎天下を二十四キロ走るのは、冷静に考えれば、決して簡単だとは思えない。

レースに出るのは、学生選手が十五名と実業団の選手が十五名。普段の学生レースよりは人数が少ないが、それでもレベルはずっと高いはずだ。

——俺も今日勝つぞ。

櫻井はさらりとそう言ったが、簡単なことだとは思えない。それでも勝とうとする意志が、彼の強さなのだろうか。

ペットボトルを持って、三人で観戦ポイントを探しに行く。タイムトライアルのレースが終わったところで、さすがにゴール前は、人でいっぱいだ。

村上は軽く肩をすくめた。

「あんまり人混みにはいたくないな。空《す》いているところを探すか」

怪我から三ヶ月経《た》ったとは言え、まだ金具を入れた膝《ひざ》には不安があるようだ。小柄な隈田も、後ろから見るのはきついということで、村上と一緒に人の少ない場所を探しに行った。

俺は大柄だから、人の後ろからでも観戦できる。ちょうど中学生の集団がいたから、その後ろに陣取った。

首にかけたタオルはすでに汗で濡《ぬ》れている。キャップの下にもタオルを巻いているから、おしゃれとはほど遠い格好になってしまっている。

女性のアナウンスがレースの開始を告げる。

そういえば、こんな形でレースを観戦するのははじめてだ。今までは自分が走ることばかりを考えていた。DVDやケーブルテレビでは観戦していたが、それとはまるで違う。

八百メートルのコースを三十周。一周、一分に満たない速度で集団は走り抜けるだろう。

スタートの合図から間もなく、鋭いチェーンの音がして集団が走り抜けた。三十人という、決して多くない集団なのに、櫻井の姿を捉《とら》えることすらできなかった。風が通りすぎたと思うほど速い。

実力者ばかりのレースだから迫力が違うのか。それとも自分たちもあんな速度で走っていたのか。

実際に走っているときの気持ちと、外から観戦しているときのスピードにあまりに乖離《かいり》があって理解できない。

考え込む間もなく、すぐに集団はまたやってくる。

ひとつひとつはささやかなチェーンの音が、重なり合って鼓膜を震わせる。鳥肌が立つような音だった。

それぞれが別の人間だとは思えない。速さへの渇望《かつぼう》が集団を結びつけている。

俺はどこか陶然とした気持ちで、走り抜ける集団を見送る。

三回、四回。次第に目が慣れてくる。櫻井らしき姿も捉えることができた。

五周目、実業団の選手が五人ほど飛び出した。

飛び出した選手は、集団の中にいるよりもはっきり確認できる。通り過ぎた姿を見て、俺は目を見はった。

あきらかに学生と身体が違う。

十九歳、二十歳くらいになれば、ほとんど大人と変わらない身体になったと思っていた。だが、今走り抜けた選手の屈強さとくらべれば、学生の身体はまだ子供っぽい。筋肉が使い込まれているというのだろうか。皮膚が赤銅《しゃくどう》のように焼けているのも、たくましさを感じさせる。

自転車ロードレースの選手は、サッカーなどにくらべてピークが比較的遅い。特に日本は選手の数が少ないこともあり、実業団には三十代後半の選手がざらにいる。

もちろん、瞬発力などは三十代よりも俺たちの方が勝っているはずだが、それでも彼らには老獪《ろうかい》さという武器がある。それにどうやって太刀打ちするのかが問題だ。

学生たちが攻めあぐねているのがわかる。二十四キロ。昨日、俺が走ったコースの倍あるとはいえ、決して長いレースではない。勝負所を見誤れば、チャンスは掌《てのひら》からこぼれてしまう。

いつの間にか、俺は拳《こぶし》を強く握りしめていた。

学生選手がふたり飛び出した。片方のジャージには見覚えがある。たしかどこかの体育大学の選手だ。クラス1にいるからには強豪選手に違いないが、このタイミングでの飛び出しはあまりうまいとは言えない。

　ふたりで前を走る実業団の選手に追いつくのは容易ではない。力を使った上に、その先、実業団の選手たちと争うことになる。うまく集団で追いついて、カウンターアタックを仕掛けるか、それとも最終的にスプリント勝負に持ち込むか、どちらかだと思う。

　だが、まずい戦略でもうまくいくときはある。動かないよりはマシだと考えたのだろう。

　櫻井はいまだに集団の中にいる。前の方のいい位置を確保しているが、まだ動き出す気はないようだ。

　周回は十五周を超え、後半戦に入る。集団の速度が変わった気がした。

大きな獣は、前を呑《の》み込もうとしている。一周ほどの差はついているが、コースはたった八百メートルだ。

　集団はまず、ふたりの学生選手を呑み込む。彼らは結局、体力を消耗しただけで終わったことになる。

　昨日、短いとはいえ同じコースを走ったからわかる。こんな短いレースではチャンスはほぼ、一度きりだ。

　その先にいる五人にはなかなか追いつかない。だが、見ていればわかる。追いつけないのではなく、わざと追いつこうとしていないのだ。

彼らを呑み込んでしまえば、またアタック合戦が起こる。ぎりぎりまで泳がせて、ゴール寸前で吸収する。それが目的だろう。

気がつけば、俺は中学生の真ん中に割り込んでいた。コースを仕切るために置かれた柵《さく》を握りしめる。

集団をコントロールしている選手は、スプリント勝負に持ち込みたがっている。スプリントが苦手な選手たちが、彼らのコントロールにどう立ち向かうか。

二十周を過ぎる。距離にして、あと八キロ。終盤戦だ。

櫻井はアップダウンの多いコースを得意にしている。こんな真っ平らでは勝負所をつかむのが難しいだろう。しかもこの暑さだ。俺のTシャツは白く塩が吹いたようになっている。

さすがにこのコース、この布陣で櫻井が勝つのは難しい。俺はそう判断した。

二十五周で、集団は五名を呑み込んだ。あと四キロ。

二十六周目、目の前を通るとき、櫻井がこちらをちらりと見た。一瞬、何十分の一秒かの間、目が合う。

ふいに思った。櫻井はスプリント勝負に出るつもりなのかもしれない、と。

集団の意思に逆らって潰《つぶ》されるより、力を溜《た》めて、最後の何十秒かに全力を注ごうとしているのかもしれない。

それは勝手な俺の印象だ。櫻井ならそう考えても不思議ではない。でなければ、こんな後半までまったく動こうとしないはずはない。暑さでやられているのならば、もっと後方にいるはずだ。少なくとも彼は、集団の中では前方のベストポジションを確保している。

プロならば、これは無謀な賭《か》けだ。だが、十九歳の力は未知数だ。瞬発力ならば、三十代の選手に挑めるかもしれない。

二十七周。速度は上がり、集団は縦に長くなる。櫻井はいまだにいい位置にいる。だが、前の方にいるのは実業団の選手たちだ。

二十八周。俺は、柵を握りしめる。まわりの歓声すら耳には入らない。ただ、チェーンの音だけが響いている。

たぶん、櫻井も同じだ。

二十九周。集団は凶暴なほどの速さで走り抜けた。スプリントが始まる。人というのは、これほどまでの速さに耐えられるものなのか、とすら思う。トッププロのスプリントは時速七十キロを超えると聞いたことがある。

チェーンの音が、まったく違う。猛々《たけだけ》しいほどの金属音。誰もが一センチでも前に出ようと、身体を躍らせる。

選手たちがゴールに飛び込んでいく。

誰が勝ったのかは肉眼ではわからない。それほどの僅差《きんさ》だった。

だが、櫻井はそこにはいなかった。


アナウンスが告げる。櫻井は十二位。

決して悪い成績ではないと思うが、それでも彼は満足しないだろう。

帰り道の機嫌の悪さを想像すると、ためいきが出る。それとも疲れ切って、眠ってしまうかもしれない。そうあってほしいと思う。

ともかく、櫻井の様子を見に、ゴール裏に向かう。スタッフパスを見せて、ゲートの中に入れてもらう。

これが今日最後のレースだし、出走者も少ないから、昨日よりもごった返していない。自転車に乗ったままの選手や、スタッフの間をかいくぐりながら、櫻井の姿を探した。

なぜか見つからない。どこかでぶっ倒れているのではないかと、不安になる。

表彰式が始まるというアナウンスが聞こえた。

少しずつ、ゴール裏から人が減っていく。俺は櫻井を探してうろうろした。主催者側のサポートカーの脇《わき》を通ろうとしたときだった。

「おまえ、ええ加減にせえよ！　人の前に飛び出しておいて、なんやその態度は！」

聞き覚えのある巻き舌。俺はあわてて、サポートカーの裏をのぞいた。

そこには櫻井と、三人の選手がいた。

「進路妨害やぞ！」

同じオレンジ色のジャージ、強豪大学のひとつ、鷹島《たかしま》大の選手たちだった。

「反則は取られなかったよ。つまりはルールには反してないということだ」

「俺が避《よ》けへんかったら、集団落車になってたかもしれへんぞ！」

「だから、スポーツでは審判がすべてだろう。文句があれば審判に言えばいい」

鷹島大の選手たちはにやにやと笑っている。いくら櫻井が柄が悪いといっても、三人対ひとりだから、侮《あなど》っているのだろう。

喧嘩《けんか》を止めようと近づいたときだった。櫻井がいきなり目の前の選手に頭突きを食らわした。

「うわっ！」

相当威力があったのだろう。その選手は頭を押さえて、しゃがみ込む。

「てめえ！」

大柄な男が、櫻井の胸ぐらをつかんだ。同時に櫻井が股間《こかん》を蹴り上げた。男はへしゃげたカエルのような声を上げる。

これはまずい、俺は慌てて近づいて、櫻井のジャージの後ろ首をつかんだ。

「誰や！　後ろからやなんて卑怯《ひきょう》やぞ！」

振り返った櫻井は俺を睨《にら》み付けた。

「正樹！　なにしてんねん！　加勢しろ」

鷹島大の選手たちは困惑したように顔を見合わせている。

俺はにこやかな笑顔で言った。

「すいません。うちの先輩、喧嘩っ早くって……。本当に、ごめんなさい。今のうちに行ってください」

彼らがこれ以上、突っかかってくるはずはない。

俺の体格と筋肉は、なにも言わなくても喧嘩の場では脅しの道具になる。櫻井の仲間であることがわかれば、それだけで彼らはひるむはずだ。

しかも、今俺は、彼らのメンツを立てている。バカでなければ喧嘩になるリスクを選びはしないだろう。

「正樹！　離せ！　あとでドツくぞ！」

櫻井はじたばたしているが、大した力ではない。

問題は、彼らがバカだったときのことだが……そうなれば本当に喧嘩するしかない。

さっきの櫻井の様子を見ると、喧嘩には慣れているようだし、俺とふたりならば、この三人に負けることはない。

俺も向こうから絡《から》まれたときしか喧嘩はしたことがないが、腕力には自信がある。

ラッキーなことに、彼らはバカではなかったようだ。

「行くぞ！」

鷹島大の三人は、振り返りもせずに早足で立ち去った。

櫻井はやっと俺の手を振り切ると、腹部に蹴りを入れてきた。だが、あきらかに手加減はされている。俺は腹を押さえながら情けない声を出した。

「やめてくださいよ……せっかく止めてあげたのに……」

「止めんでええんじゃ！　アホ！」

「喧嘩なんかしてもいいことないでしょう」

そう言うと、櫻井はぎゅっと唇を噛んだ。どうやら、それは自分でも理解しているようだ。

「あいつが、進路妨害せえへんかったら行けたかもしれんのに……」

「でも反則は取られなかったんでしょう？」

「審判が見てへんかっただけや！」

「ならば、仕方ないじゃないですか」

柔道という判定競技をやっていたからよくわかる。たとえ審判が不公正だと感じても、それに従うのがスポーツだ。もしくは公式に抗議をするしかない。

スポーツというものがイメージほど公正ではなく、ときに理不尽なものであることを、俺はいやというほど知っている。フランス時代に、アジア人だからと差別されたこともあるし、反対に日本人であることで恩恵を受けたこともある。

自転車ロードレースは、審判の意思が入る余地が少ないから櫻井にはわからないのだろう。

その理不尽さは呑み込むか、それともしかるべきやり方で抗議するしかない。選手に直接、怒りをぶつけるのは、いちばんまずいやり方だ。

「もういいでしょう。帰りましょう」

櫻井は黙って、もう一度俺の脚にローキックを入れた。やはり手加減されているのか大して痛くはないが、俺は大げさに痛がって見せた。

「それとも、審判に抗議に行きますか？」

そう尋ねると、櫻井は小さな声で言った。

「もうええ」


櫻井が暑さに弱いというのは、どうやら嘘ではなかったようだ。

帰りの車で、彼は後部座席に横たわったまま、身動きひとつしなかった。冷たいタオルで目元と額を覆ってはいるが、唇がひどく青いのがわかる。

二十四キロの短いクリテリウムとはいえ、全力を出し切ったのだろう。

帰りは村上が疲れたというので、俺が運転を代わった。隈田も窓にもたれて眠っている。

櫻井には、喧嘩を止めたことをもっとねちねち言われるかと思っていたが、どうやらそんな元気もないようだ。

「正樹、途中、トイレあったら停めて……」

櫻井のかすれた声が言った。気分が悪いのかもしれない、と思い、高速を降りてファストフード店の駐車場に入れる。

降りた櫻井は五分ほどして、青ざめた顔で戻ってきた。

「高速をやめて、一般道で行きますか？」

「……せやな」

時間はかかるが、気分が悪くなったときにすぐ停められる。どちらにせよ、今日の高速は混んでいる。渋滞にはまってしまうとやっかいだ。

櫻井はまた、濡れタオルを頭にかけて横たわった。

細い身体が、よけいに細く見えた。


翌日の深夜のことだった。

帰省のための荷造りで、俺は十二時過ぎても眠れずにいた。

帰省と言っても一週間。二時間もあれば帰れる距離なのだから、大して持って帰るものはないと考えていたが、どうせならサイズの合わなくなったジーパンや読み終えた本など、いらないものを実家に持って帰ろうと考えたせいで、予想以上に大荷物になってしまった。

送ってもいいが、宅配便もただではない。できる限り持って帰りたい。

ふいに携帯電話が鳴った。液晶画面を見ると、櫻井からだった。こんな時間になんだろう、と思いながら出る。

「はい？」

咳《せ》き込むような声が聞こえた。

「悪い……、ちょっと具合悪い……タクシー呼んでくれへんか？」

そう言って電話はぶつんと切れた。

驚いて、もう一度液晶画面を凝視する。悪戯《いたずら》電話かと思ったが、着信履歴は間違いなく、櫻井からだ。

櫻井は態度は悪いが、こんな悪戯をするような男ではないと思う。

とりあえず、財布をジーパンのポケットにつっこんで、家を出た。道路脇に立ってタクシーを停めると、櫻井の住むアパートまで行ってもらう。帰省のために、少し多めに下ろしていたから、金の心配はない。

タクシーを待たせて、櫻井の部屋をノックした。

「櫻井さん、俺です。大丈夫ですか？」

ドアがガチャリと開いた。櫻井は玄関でぐったりと座り込んでいた。俺を見て、驚いたように目を見開く。

「なんで……正樹……？」

「なんでって、櫻井さんが呼んだんでしょう？」

「え……？」

その表情で気づいた。どうやら、誰か別の人間に連絡しようとして間違えたらしい。

櫻井はごほごほと咳き込んだ。顔が赤く、喉がぜいぜい鳴っている。片手になにかを持っている。

「タクシー待たせてます。救急病院行きましょう」

そう言うと櫻井はそれ以上逆らおうとしなかった。

肩を貸して、階段を下りる。支えた櫻井の身体は、驚くほど軽かった。前に聞いた五十五キロという重さがとたんに現実味を増す。女の子でもそのくらいの子は多いだろう。

背負うことも簡単にできてしまいそうだ。

タクシーに乗せると、櫻井は比較的はっきりした口調で、救急病院の場所を告げた。まるで慣れているかのように見えた。

　タクシーが動き出すと、俺の顔をちらりと見る。

「……単なる喘息《ぜんそく》やから……心配せんでええ。ステロイドを切らしてもうただけや……」

　こんなことはよくあるのか、誰を呼ぼうとしたのか――聞きたいことはあったが、櫻井の顔は青い。質問は後にした方がよさそうだ。

　櫻井は、片手の青い容器を口に当てて、吸い込んでいる。どうやら吸引薬かなにかのようだ。

　救急病院には十分ほどで到着した。俺が金を払っていると、櫻井は小さな声で言った。

「悪い……後で返す」

「そんなのは今どうでもいいです」

　救急病院の待合室には何人も患者がいたが、喘息の発作であることを告げると、櫻井はすぐに診察室に入れられた。

　帰るわけにもいかずに、そのまま待つ。

　櫻井が喘息持ちであることなど、はじめて知った。柔道をやっていた仲間にも喘息持ちはいたし、気管支喘息の患者にとって、むしろスポーツは推奨されていることは知っている。

だがそれにしたって、自転車ロードレースは過酷で呼吸器に負担がかかるスポーツだ。大丈夫なのだろうか。

少なくとも、今回の発作に昨日のレースがまったく無関係なわけではないと思う。直接発作を引き起こす因子ではなくても、体力の低下を招いてしまった可能性は高い。

一時間ほど待っただろうか。看護師が俺のそばにきた。

マ
ズ
ア
キ

「櫻井さんのお友達ですね。櫻井さんはもう落ち着かれたので、先に帰ってくださって大丈夫ですよ。櫻井さんも、あと一時間くらいしたら帰れると思います」

それを聞いてほっとする。

「ちょっと会えますか？」

念のため、尋ねてみると、看護師は笑顔で頷《うなず》いた。

「ええ、大丈夫です」

櫻井は狭い長椅子《ながいす》のようなベッドで横たわっていた。右腕に小さな絆創膏《ばんそうこう》が貼られているところをみると、注射でもされたのだろう。

まだ顔は青いが、呼吸は落ち着いている。薄目を開けて俺を見た。

「悪い……世話になった。隈田を呼ぶつもりやったんやけど……」

それを聞いて納得する。隈田は櫻井の喘息のことも知っていて、あの唐突な電話でも状況がわかるのだろう。

そばにいた看護師が厳しい口調で言った。

「お友達を頼るのもいいですけど、救急車を呼んだ方がいいですよ。喘息の死亡例は決して少ないわけではないのよ」

それを聞いて、少しぞっとする。櫻井はわざと、そのことばを聞かないふりをした。

「タクシー代、後で返すわ。帰りの分も……」

「じゃあ、領収書もらっときます」

そう言うと、櫻井はやっと少し笑った。

「おう……」

本当は聞きたかった。なぜ、そこまでして走ろうとするのか、と。だが、聞けば櫻井は怒るだろう。

救急病院を出たところに、タクシーは何台も客待ちをしていた。先頭のタクシーに乗って自宅の場所を告げる。

急に疲労感が押し寄せてくるような気がした。

疲労が蓄積していたのかもしれない。

実家に帰ると同時に、俺はひどい夏風邪を引いてしまった。三十八度の熱が三日続き、それが落ち着いた後も、夕方になると微熱が出た。咳もなかなか止まらずに、豊との約束も先延ばしにしてもらった。やっと回復して、豊と会うことができたのは、帰省の最終日になってからだった。

その日の昼間、豊は別の友達と約束があるということで、夕方に近所のコーヒーショップで会うことにした。元気な顔が見られて、少し話ができればそれでよかった。

約束の日、俺は少し早めに家を出た。

自室はいつの間にか、物置のようにいろんなものが置かれて居心地が悪い。だからといって、リビングで一日中、母と顔を合わせていたい年頃でもない。早めにコーヒーショップに行って、本でも読むつもりだった。

約束の時間より、三十分ほど前だった。セルフサービスのカウンターでアイスコーヒーを注文し、トレイを持って席を探した。

夏休みのせいか、学生らしき若者が多い。満席で、空いている席はほとんどない。店の奥にやっと空いたテーブルを見つけて、そこにトレイを置いた。

「やあ、正樹」

急に名前を呼ばれて驚く。ゆっくりとした舌足らずな話し方は、豊のものだった。

呼ばれた方を向くと、隣の席に豊が座っていた。

「早かったんだね」

「あ、ああ。本でも読もうかなと思って……」

そして、なぜ自分が豊に気づかなかったかも理解する。豊の向かいには女の子が座っていた。ショートカットで地味な顔立ちをしている、ごく普通の女の子だ。

「紹介するよ。青山さん。さっちゃん、こいつが正樹。話したよね」

女の子はぺこりとお辞儀をした。笑うと、少しファニーな可愛《かわい》い顔になる。

醜いことに、俺は動揺した。自分が女っ気のまったくない毎日を送っているというのに、豊が女の子とデートをしていることに。

まさかそんなことで豊に先を越されるとは考えていなかった自分にも動揺する。

心の奥で、俺は豊を見下していたことになる。

よく考えれば、中学時代豊は俺よりもずっと女子にもてていた。顔立ちはその頃から変わっていないし、身長だって低いわけではない。彼女がいたって不思議はないのだ。

青山さんは、近くの女子大のボランティアサークルに所属していると言った。サークルの活動で、知り合ったらしい。

「じゃあ、わたし、帰りますね」

そう言って立ち上がった彼女を、俺は引き留めた。早く店にきたことで、デートの時間を削ってしまうのは心苦しかった。

しばらく、三人で話をした。彼女は頭の良さそうな女の子で、話もおもしろかった。もし、こんな子に好意を示されたら、俺だって好きになってしまうかもしれない。

途中、豊がトイレに立ち、俺と彼女はふたりで席に残された。彼女は俺の顔を見て、含み笑いをした。

「なんだい？」

「なんかうれしいなって思ったの。豊くんがいつも話している正樹くんに会えて」

その口調は、ふたりがただの友達ではないことを感じさせた。

「俺もうれしいよ。豊にこんな素敵な彼女ができて」

思った通り、彼女は否定せずにはにかんだように笑った。

豊が席に戻ってくると同時に、青山さんは立ち上がった。

「じゃあ、わたしはそろそろ。豊くん、またメールするね」

「うん、じゃあね」

彼女が行ってしまうのを、俺は黙って見送った。

「いい子じゃないか。やるなあ。豊」

そう言って彼の顔を見て、どきりとする。豊は笑ってはいなかった。彼女と一緒にいたときの穏やかな顔が消えて、疲れ果てたような顔になっていた。

「いい子だよ。でも、しんどいよね」

彼のことばを聞いて、俺は驚く。

「つきあってるんじゃないのか?」

「つきあってるよ。でも、思うんだ。さっちゃんはぼくが好きなんじゃなくて、ぼくの相手をしている優しい自分が好きなんじゃないかって」

「やめろよ」

思わず言った。もしかすると、豊の言うことは正しいのかもしれない。だが、自分から傷を見つけてそこを掻きむしるようなことはするべきじゃない。

「好きじゃないならつきあうのをやめればいい。好きなんだったらそんなこと考えるな」

そう言うと、豊はどこか投げやりに笑った。

「正樹にはわからないよ。たぶん、ぼくとセックスしてくれる女の子なんてそう簡単に見つからない」

彼のあからさまなことばに、俺はまた驚く。彼がそんなことを言ったことにも、またふたりの関係がそこまで達していることにも。

「やめろよ。おまえは優しいし、ハンサムだよ。彼女は純粋におまえが好きなんだよ」

「優しい男なら、こんなことは考えないよね」

俺は答えに困って口をつぐむ。

「……ごめん」

豊は目を伏せて詫《わ》びた。

「こんなこと、言われても困るよね。……その……」

豊はことばを探すように考え込んだ。

「ぼくのこと、ひどいと思った？」

「……いいや」

嘘をついたつもりはない。自分が彼と同じ立場ならば、同じように感じて、苦しんだかもしれない。

豊は泣きそうな顔で、下を向いた。

「正樹だけが本当の友達だと思ってる。ぼくがこうなる前も、こうなってからも、変わらなかったのは正樹だけだったから」

そう言われるとよけいに胸が苦しくなる。

俺は豊に彼女がいると知って、動揺した。心のどこかで、彼になにかを追い越されることなんかないと思っていたのだ。だが、それを告白することなどできない。俺の気持ちは軽くなっても、豊は傷つくだろう。

その後の会話はあまり弾むことはなかった。豊は俺のレースを観にきたいと言った。

「こいよ。さっちゃんと一緒に」

そう言うと豊は笑った。

「そうだね」

その顔を見て俺は思う。たとえ、どんなに思いが食い違っていても、豊にはあの女の子がいた方がいいはずなのだ、と。

7

八月後半になると同時に、凶暴な暑さは牙《きば》を抜かれたようになった。

会う人たちは、「いつまでも暑いね」などと挨拶《あいさつ》のように口に出しているが、朝夕自転車に乗って、走っている俺にはわかる。ねっとりと皮膚の上に停滞するようだった空気が、乾いてひんやりとしてきた。

朝は七時を過ぎれば照りつけてきた太陽も、どこか柔らかい。

自転車に乗っていなければ、これほどまでに気候の変化をはっきりと感じることはなかっただろう。俺はたぶん、適度にまじめで適度に自堕落な、普通よりも内気な学生で、毎日昼前まで寝ては、授業とアルバイトに明け暮れていたのだろう。

お台場のクリテリウム以降、自転車部としてのトレーニングはほとんどしなかった。櫻井も隈田も実家に帰ってしまった。村上は東京にいるが、彼はまだ自転車には乗れない。わざわざ、俺のトレーニングに付き合ってもらう必要はない。

もともと自転車のトレーニングは、ひとりででもできるものだ。俺は空いている時間に、ひとりで走り続けた。

櫻井は、実家に帰る前の日に、いきなり俺の家に現れた。抱えた輪行バッグの中には、この前見せてもらった、黒いＦＵＪＩのフレームが入っていた。

「やっぱりやるわ。この前、世話になった礼や」

眉間《みけん》に皺《しわ》をぎゅっと寄せて、不機嫌丸出しの顔で言う。

本当に不機嫌なのではなく、俺に礼を言うという慣れない状況に戸惑っているのだなということがなんとなくわかる。

「ありがとうございます。大事にします」

「ほんま、大事にせえへんかったら許さへんからな」

そう言いながら彼は、一枚の名刺を俺に差し出した。

「ここ、俺が世話になっている自転車ショップや。パーツ揃《そろ》えるときには俺の名前出したら、相談に乗ってもらえると思う」

自転車は村上から借りたままだし、メンテナンスは自分でするから、俺はまだ自分の行きつけのショップを持っていない。

「行ってみます。どうもありがとうございます」

「ええねん。おまえがそこで金遣ってくれたら、今度俺がなんか買うとき、負けてもらえるやろうし」

彼はそう言うと空になったバッグを肩にかけた。

「じゃ、また盆明けにな」

そう言って立ち去る後ろ姿を見て、なにか不思議な気がした。

その理由には、ドアを閉めてから気づいた。

自転車に乗らず、歩いて帰っていく彼を見る機会は、めったにない。


盆休みが明けてすぐ、村上から連絡があった。

「今、どこにいる？」

携帯電話に出ると、ぶっきらぼうな声が挨拶もなくそう尋ねた。

「自分の部屋ですけど……」

時計を見ると昼の十二時過ぎだった。朝早く走った後、帰ってきてしばらく眠っていた。バイトは夕方からだから、それまで予定はない。

「実家に帰らなかったのか？」

「帰りましたよ。週末とかに……」

お台場のクリテリウムが終わってからしばらくと、それからも一度。葉山だから簡単に行って帰ってこられる。バイトでやった家庭教師が意外に評判がよく、同級生の家を紹介されて、そこにも通っていたため、長期で帰ることはあきらめた。

隈田の実家は佐賀だと聞いていた。櫻井はもちろん大阪だ。俺と違って、簡単に行き来できる場所でもない。

「ああ、おまえは関東だったな」

村上はそう言って笑った。

「今日はバイトあるのか？　よかったら飲みにでもいかないか？」

「ありますけど、七時には終わりますからその後なら行けますよ」

俺と村上は馴染《なじ》みの居酒屋で落ち合う約束をして電話を切った。

そういえば、村上とふたりで飲んだことなど一度もない。

体育会系のサークルなど、飲み会ばかりやっているようなものだが、自転車部はあまり飲み会をしなかった。櫻井が、意外に酒に弱くビール一杯で赤くなるせいもあるのだろう。練習が終わると、少し部室で喋《しゃべ》ってからさっさと解散する。

たぶん、俺がうまく馴染めたのも、このべたべたしすぎない距離感のせいだろう。

もちろん、たまには一緒に居酒屋に行くこともあるが、いつも一次会だけで終わる。

深夜にコンビニに行くと、カラオケ店の前にあきらかに新光大の奴《やつ》らが群れて、大声を上げているのを見ることがある。

男女混じりのグループだったりすると、ちょっと羨《うらや》ましいと思わないでもなかったが、これがしょっちゅう繰り返されれば、きっと俺は疲れてしまうだろう。

携帯を置いて、また横になってから気づいた。

もしかして、村上は俺になにか話したいことがあるのかもしれない。あまり人恋しがるようなタイプでもない。

まあ、会う前から思い悩んでも仕方がない。俺はもう一度目を閉じた。


居酒屋に行くと、村上はすでに席について枝豆でビールを飲んでいた。

「悪い。暑かったから先にやってるぞ」

今日は特に蒸し暑い。ビールが飲みたくなる気持ちはわかる。俺もビールをすぐに頼んだ。

いつも新光大の学生でいっぱいの店だが、夏休み中だから普段より人は少ない。そのせいか、馴染みのおばさんも妙に親切だ。

鶏《とり》の唐揚げや焼売《シュウマイ》などを注文する村上の脇《わき》で、俺は焼き魚やサラダ、冷《ひ》や奴《やっこ》などを頼んだ。

店員が行ってしまうと村上は、枝豆の鉢を俺の方に押しやった。

「まだダイエットしてるのか。偉いな」

確かにまだ揚げ物やジャンクフードなどは食べないようにしているが、おもしろいほど体重が落ちていった最初の頃とは違い、数字自体はほとんど変わっていない。無理して身体《からだ》を壊しては、本末転倒だから、あまり気にしないようにしている。

「ビールは別ですから」

冗談めかしてそう言うと、村上はにやりと笑った。

「それは仕方ないな」

俺のビールがくると同時に乾杯をして、飲み始める。

バイト先の隣町からこの近くのマンションまで自転車で帰ってきたから、冷たいビールは細胞のひとつひとつに染《し》み渡るようだ。村上は俺が中ジョッキを飲み干すのを、黙って見ていた。

「おまえ、焼けたよな」

「え、そうですか？」

夏の間、トレーニングをするのは早朝と日が落ちてからで、それ以外に移動手段として自転車を使うときは日焼け止めを使っていたから、自分では意識していなかった。

村上は手を伸ばして俺のTシャツの袖《そで》をめくりあげた。

半袖のラインの上と下がくっきりと色分けされている。自分では気がつかなかった。

「会ったときとは見違えるように痩《や》せたしな……」

「それほどではないですよ。六キロくらいかな。それ以降は全然体重が落ちませんし……」

「でも、見た目が全然違うぞ。十五キロくらい痩せたのかと思った」

だとすれば、その分、筋肉が付いているのだろう。これまで腰回りで選んでいたジーパンを、太ももで選ばなければならないようになっている。

それでもまだ、坂道になると自分の重さが恨めしい。もっと軽くなれば、もっと速く登れるはずなのにと思わずにはいられない。

冷や奴とサラダが運ばれてくる。俺は追加のビールを頼んだ。

「外見だけじゃなく、顔も変わった気がするぞ。はじめて会ったときのおまえは、なんかもそもそ喋る頼りない奴だと思っていたけど、今ではよく喋るし、部員の中でいちばんしっかりしているし……」

「やめてくださいよ。初対面のときは状況が状況でしたから」

大学にはまだ慣れずに、鬱々《うつうつ》としていたところ、柄の悪い先輩に絡《から》まれたと思ったのだ。どうしたって暗い顔にもなるし、おどおどもする。

二度目に会ったときには、俺は村上に怪我《けが》をさせていた。どちらにせよ、機嫌良くにこにこと喋ることができるような環境ではない。

村上は、皿の上のレタスを、食べもせずに箸《はし》でひっくり返した。なにか言いにくいことを言い出すような仕草だなと思い、視線を手元から上に上げると、村上は俺の顔を見ていた。

「おまえさ、俺が無理矢理、自転車部に入れたことはどう考えてる？」

「どうって……」

唐突な問いに戸惑う。

「感謝してます。走るの楽しいですし。あんなきっかけがなければ、自分で自転車をはじめようとは考えなかったはずですし」

もしかしたら、ここで出会わなくてもその後、なにかのきっかけで乗り始めることになったかもしれないが、だとしても何年か後だったはずだ。大学に入ると同時に、自転車部という打ち込めるものに出会えた俺は、運がよかったと思う。

だから、感謝しているというのは嘘《うそ》ではない。

村上は俺の目を見据えた。

「じゃあ、来年になっても部活はやめないよな」

念を押されるように言われて気づく。俺はまだその返事をしていなかった。

「やめません」

少なくとも今、続けられないと思うような出来事は起こっていない。もちろん、先のことはわからないが、今の俺はやめたくないと考えている。それで充分だ。

村上は喜ぶと思っていた。だが、彼は笑顔を見せなかった。

複雑な表情のまま、ふうっと息を吐いて、前髪をかきまわした。

「じゃあ、もうひとつ聞く。おまえは本気で自転車をやるつもりなのか？」

「本気って……」

「ただの趣味とかそういうのではなく、この先も自転車と本気で向き合っていくつもりなのか？」

たぶん、俺はぽかんとした顔をしていたのだろう。村上は、何度かまばたきをしてから噴き出した。

「すまん。なんか唐突な質問だったな」

「いえ……」

本当にそうだと思ったが、一応は先輩だから、返事を濁してみる。

「つまり、こう聞きたいんだ。おまえは本当に自転車が好きなのか？」

それならば即答できる。

「好きですよ」

ただの機械と、こんなに身体がひとつになる感覚は味わったことがない。もう身体の一部のようにすら感じられる。

村上は静かに頷《うなず》いた。

「だったらいい。俺も覚悟を決められる」

「覚悟？」

穏やかではない単語が飛び出して、俺は尋ね返した。

「覚悟っていったい……」

「いや、なんでもないんだ。俺の気分の問題だ」

このとき、俺は村上が部活を引退しようとしているのかと思った。膝《ひざ》の再手術は来月だと聞いている。またそこからリハビリなどを続けて、彼が再び自転車に乗ることができるのは来年になる。

その頃にはもうレースはシーズンオフで、次のシーズンがはじまるのは春。村上は四年生になっている。通常でも、部活動は引退する時期だ。

村上は引退するつもりはないと言っていたが、復活してからすぐ、前のパフォーマンスが出せるわけではないだろう。

ならば、早めに引退するというのも選択肢のひとつではある。そろそろ、就職活動のことも考えなければならないはずだ。

俺は頭を下げた。

「村上さん。本当にすみません」

「なんだ、藪《やぶ》から棒に」

村上はひどく古風な言い回しをした。

俺は彼の学生生活のハイライトを台無しにしたも同然だった。彼が自転車部に打ち込んでいたことは、怪我をしてから後しか知らない俺ですらよくわかる。できることなら、走りたいだけ走って、卒業したかったはずだ。

頭を下げたままにしていると、ビールジョッキを頭にこつんとぶつけられた。

「おまえが謝るようなことじゃない。気にするな」

穏やかな顔でそう言われて、なんだか泣きたいような気分になった。

櫻井が大学に帰ってきたのは、八月も二十日を過ぎてからだった。

「東京涼しいなあ。大阪、めっちゃ暑かったわ」

いつも肩にかけている頭陀袋《ずだぶくろ》のようなバッグを、畳の上に投げ出すと、そのままあぐらをかいた。

パソコンの前に座っていた村上が、横目で櫻井を見た。

「元紀。ここは東京だから涼しいんじゃないぞ。田舎だから涼しいんだ」

たしかに、新光大近辺のことを「東京」と呼ぶのは憚《はばか》られる気がする。東京都には違いないのだが。

「都心はもっと暑いぞ。海沿いにビルがたくさん建ったから、海風がこなくなってヒートアイランドだ」

「えー、ほんま？　でも絶対大阪の方が暑いで。大阪は逃げ場ないほど、ちっこいビルが密集してるもん。東京はまだ皇居とかあるし」

歪《ゆが》んだ地元愛なのか、それとも単なる負けず嫌いなのか、櫻井は「大阪の方が暑い」を繰り返し主張した。

読んでいたマンガ雑誌を閉じて、隈田が口を開いた。

「遅かったんだね。盆明けには帰るって言ってたのに」

九月の頭には全日本大学対抗レースがあるから追い込みのトレーニングをしなければならない。

「んー、地元の友達が先週結婚してん。やっぱり二次会くらいは出てお祝いしたいやん。でも、一回こっちきてまた帰ると、夜行バスかて安くないし……」

俺はなにげなく尋ねた。

「ヤンキーって、やっぱり結婚が早いんですか？」

言ってから失言に気づく。隈田も目を見開いて俺を凝視している。

「す、すみません。櫻井さんの友達だからって、ヤンキーとは限らないですよね」

櫻井は眉間に皺を寄せた。

「なに言うてんねん。俺もヤンキーちゃうぞ」

「えっ」

今度は村上まで驚いた声を上げる。

「なんで、俺がヤンキーやねん。めっちゃ真面目《まじめ》やん」

櫻井は心底不服そうに俺を睨《にら》み付ける。

いや、真面目なことは知っている。自転車部の練習をさぼることもないし、フランス語の授業で会っても、毎回熱心にノートを取っている。

「煙草《たばこ》も吸わへんし、酒かてちょっとしか飲まへんし……どこがヤンキーや」

確かに櫻井が言っていることはすべて間違っていないのだが、それでもそれ以外の部分は決して優等生には見えない。

だいたい、今俺に食ってかかっている口調ですら、恐ろしいような巻き舌だ。

櫻井は相当不服だったのか、まだぶつぶつと文句を言っている。

「すいません。失言でした」

とりあえず詫《わ》びると、やっと納得したようで「まあええけど」とつぶやいた。

「いややなあ。大阪弁やと、それだけで柄悪く見られるし」

それだけではないと思う。

同じ一年生に大阪出身の友達もいるが、単に関西弁というだけで、櫻井のように巻き舌で喋るわけでも、だらしなく歩いているわけでもない。

それにヤンキーじゃないと言い張るのならば、他校の学生と揉《も》めるのだけはやめてほしい。聞いた話では、この前のお台場がはじめてではないはずだ。

ひさしぶりに三人での練習が終わり帰宅しようとしたとき、櫻井が追いかけてきた。

「おまえ、もう新しい自転車揃えた？」

「まだです。この週末に、教えてもらったところに行こうと思っています」

七月のバイト料が入ったのがちょうど昨日だった。これでようやく、もらったフレームに合うパーツが揃えられる。

「じゃあ、俺も一緒に行くわ」

「えっ、いいんですか？」

確かにまだ自転車のパーツなどについては詳しくはないから、誰かが一緒にきてくれるのなら助かる。

櫻井は白い歯を見せて、にかっと笑った。

「おもしろいやん。人が買い物してるとこ見るん」


まるで、ただの骨が息を吹き込まれていくようだと思った。

連れて行かれた自転車ショップの店員は、櫻井と仲がいいというのが頷けるような、やんちゃそうな兄ちゃんだった。とはいえ、知識はあるようで、櫻井と一緒に聞いたことのないメーカーやパーツの話をしている。最初に告げた予算から、次々候補を挙げていき、予算に合うように計算をしてパーツを決めていく。

俺はよくわからず、ただ頷くだけだが、ハンドルやペダルなど感覚が大事なパーツに関しては、実際につけてみて試す。俺の手に馴染むハンドルや、サドル、ペダルが選ばれていく。

ひとつパーツをつけるたびに、ただの黒いフレームは自転車というマシンに近づいていく。

フレームが静かに喜んでいるような気がした。櫻井が、これを俺にくれると言った気持ちがようやくわかった。誰にも乗られず、パーツを取られたままのフレームは死んでいるのと同じだ。櫻井にはこのフレームの悲鳴が聞こえていたのかもしれない、と思う。

走りたい、という悲鳴が。

試行錯誤を繰り返して、ようやく自転車が完成したときには、小さな感動すら覚えた。

店員も満足げに立ち上がる。

「値段だけだったら、完成品を買った方が安いんですけどね。これ、かなりいいフレームだから寝かしておくのはもったいないですよ」

「せやねん。俺もそう思ったからな」

最終的なポジションチェックをする。フレームのサイズは今乗っている自転車と変わらないのだが、なぜかより自分の身体にフィットするような気がする。

店員が俺の顔を覗《のぞ》き込んで尋ねた。

「どこで手に入れたんですか？　このフレーム。ネットオークション？」

「え？」

俺が戸惑っている間に、櫻井が答える。

「なんか誰かにもらったんやて」

「へえー、それはラッキーでしたね」

兄のフレームだということは知られたくないのだろうか、と不思議に思う。

「試走してこいや」

そう言われて、俺は自転車をスタンドから下ろした。ペダルに足をかけ、風に乗るように漕《こ》ぎ出す。

ガレージを抜け、店から駐車場に出てそこを二、三周まわり、また店に戻る。

「どうだった？」

「軽い、です」

正直なところ、アルミフレームとカーボンフレームの違いなどはまだわからない。カーボンの方が柔らかくて疲れにくいとは聞くが、そう言われればそうかもしれない、というくらいしか感じられない。

だが、圧倒的に軽い。これなら坂道でも楽に登れそうだ。

「せやな。おまえが今乗ってるのよりは、一キロくらいは軽いんちゃうか」

たった一キロ。それだけでこんなに違うのなら、多くの自転車メーカーが軽さのために持てる技術をすべてつぎ込むのも当然だ。

俺は一度自転車を降り、スタンドに立てかけた。ほれぼれとそれを眺める。

はじめての俺の自転車。サドルとバーテープ、ボトルケージも黒で統一したから一見地味だが、その分、強いエネルギーを内に秘めているようにも思える。

横に並んだ櫻井も、満足そうにつぶやいた。

「ええやん」

俺は手を伸ばして、黒いフレームを撫《な》でた。単なる無機物ではなく、生き物に触れているような気がした。

俺は、この黒い獣の力を借りて走るのだ。

全日本大学対抗選手権自転車競技大会。

通称インカレと呼ばれるこの大会は、学生レースの中でも代表的なものだ。スプリントやタイムトライアルなど自転車競技が行われ、ロードレースはその中でも注目を集める競技である。

普段のレースと違い、出場資格も厳しく問われる。これまでのレースでの順位がポイントに置き変えられ、上位のものしか出られない。今回、出場できるのは櫻井と俺だけだ。

去年は櫻井以外にも村上と、それからもう辞めた堀田が出場できたというから、去年より状況は悪いことになる。ロードレースは団体戦であり、人数の差はそれだけで大きなハンデだ。

部員の多い大学は、規定の上限である八人を揃えてくる。差は歴然だ。

それだけではない。部費を潤沢に使える学校は、二週間も前から選手たちを現地に送り込んでトレーニングをする。

正直、新光大の自転車部にはそんな余裕はない。行くには自腹を切るしかないが、俺は自転車のパーツを揃えたばかりだし、櫻井もそこまでするつもりはないようだった。

結局、この戦いは初めから負けが決まっているようなものだ。

それでも、その中でたった一瞬のチャンスがあれば、それを狙《ねら》っていく。

今回、大会が行われるのは三重で、ただでさえ旅費がかかる。

前日に俺たちは新幹線と在来線を乗り継いで、レース会場近くの松阪まで向かっていた。新幹線を使ったおかげで、行程は四時間ほどだ。

「大阪まで夜行バスやと、九時間もかかるのに、電車やとすぐやな」

窓の外を眺めながら、櫻井がつぶやく。自腹でついてきた村上が答える。

「その分、値段が高い。夜行バスはいくらだ」

「五千円くらいかなあ。席狭いけどな」

もちろん、東京—名古屋間も夜行バスはあるし、もっと言えばいつものように車を借りて一晩かけて向かえば安くはつく。だがレース前日に疲れるわけにはいかない。

レースに出ない隈田は後から夜行バスでやってくることになっている。

在来線から見える景色は、山と田んぼばかりが繰り返されている。櫻井は窓枠に手を預けて、ぼんやりとしていた。

事前に地図で確認したコースは、勾配《こうばい》が多く、櫻井向きだ。

だが、去年櫻井は二十位以下に沈んでいる。ほかのレースでは優勝もしているし、三位や五位という上位にいることが多い櫻井でさえ、勝つことは難しい。

それだけ他の大学や選手たちが、このレースに賭《か》けているということだ。

村上は「十位以内に入るのが目標」だと言っていた。もし、インカレの個人成績で十位以内に入れれば、それを交渉材料に来年の部費を多くしてもらえるはずだし、新入部員だって入ってくるだろう。

それを聞いた櫻井は、不機嫌そうにつぶやいた。

「十位以内なんてぬるいこと言うなや。勝たな意味ないやろ」

村上はわずかに眉《まゆ》を動かした。

「元紀、あまり自分にプレッシャーをかけすぎるな」

おや、と思ったのは、これまで村上が櫻井にそんなことを言うのを聞いたことがなかったせいだ。櫻井が闘志をむき出しにするのはいつものことだが、村上はそれを喜んで聞いているように見えた。

案の定、櫻井は食ってかかった。

「なんでや。八位や九位なんてどうでもいい。てっぺんにおらな意味ない！」

「その気持ちはわかるが、勝てそうにないレースでそう考えてもいい結果にはならない。落ち着いて状況を見ろ。この前のクリテリウムだってゴール前までいい位置にいたのに、焦《あせ》って順位を落としたんだろう」

たしか、この前のときは、鷹島大の選手に進路を邪魔されたと言っていた。だが、櫻井はそれについて触れることなく、むすりと黙り込んだ。

「ともかく、十位以内だ。八位入賞だとなおいい。表彰されるからな。ふたりでの参加で、そこまでできれば上出来だ」

村上は最後のひとことを、俺の目を見て言った。

村上や櫻井の思惑は知らない。だが、俺はそれよりも楽しみの方が大きかった。

レースはほぼ一ヶ月ぶりだし、しかもその一ヶ月前には強豪選手はいなかった。なにより、新しい自転車で走るのははじめてだ。

自分がどこまで行けるのか試したい。長野のレースからはずいぶん強くなったはずだ。

幸い、天気予報によれば天候は曇りで、気温もあまり上がらないという。櫻井にとっても悪い要素はない。

あとは、どこまで運が味方してくれるかだ。

のどかな景色を見ながら、俺ははやる気持ちを抑えられずにいた。

スタートのピストルの音は、曇り空に吸い込まれるように消えた。のろのろと走っていた集団の中に、ぴりりと緊張が走る。それだけでわかった。全部で百五十人ほどのレースだが、俺がこれまで参加したレースとはまったく違う。

この選手たちはたぶん強い。統制され、走り方を心得ている。

俺はそっと黒いハンドルバーを撫でた。乗ってる馬の首筋を撫でるような気持ちだった。

勝ちたい。勝てないまでもできる限り上に行きたい。

どうしようもないような強い衝動がこみ上げる。だがそれは興奮ではない。もっと静かで暗い感情だ。

このレースでのいちばんの強敵は日章《にっしょう》大だ。恐ろしいことに二十回以上、勝ち続けているという。今回も参加規定上限の八人を参加させ、しかもきっちりふたりの補欠も用意している。

このレースの参加規定は、選手がこれまでのレースで溜《た》めたポイントが、クラス1か2に達していること。俺はこの前までクラス3だったが、クリテリウムでの優勝で一気にクラス1まで上がった。

　そのレベルの選手を八人揃えられるということは、それだけ選手の層が厚いということだ。チームにはきちんとプロの指導者がついていて、理論に基づいたコーチングを行っている。

　選手たちも「自転車部に入る」という目的で、日章大に入学する者がいるはずだ。当然、中学、高校から自転車に乗り続けていて強い。俺が柔道に捧《ささ》げた日々を、代わりに自転車に捧げているとすると、それは手《て》強《ごわ》いなんてもんじゃないはずだ。

　もしかすると、大学自体がスポーツ推薦枠を用意しているかもしれない。新光大にはそんなものはない。

　どちらにせよ、この前のクリテリウムとは比べものにならないほどの強敵だ。プロを目指している選手だっているはずだ。

　対する俺たちは、たったふたり。しかも俺は、今年の四月から自転車に乗り始めた素人《しろうと》だ。エリートに挑む野《の》良《ら》犬《いぬ》二匹のようなものだろう。

　そんなことを考えていると、隣に鮮やかな青いジャージの選手がきた。まさに日章大の選手だった。これまでのレースで会ったことはない。

「新光大か……ぼっちゃん大学じゃないか」

にやにや笑いながらそう言う。

世間の評価はそうだろう。だが、俺と櫻井がぼっちゃんかというとそれはなかなか難しい話だ。俺も櫻井も大学の中では間違いなく異端者だ。

横にいた櫻井がちらりとそいつを見た。

食ってかかるかと思ったが、大して興味はないようだ。確かに、この時点で俺たちに絡んでくるようなのは、このレースに出ていても大した選手じゃない。

それでも少し、不思議な気がした。

この選手の口調には揶揄《やゆ》するのと同時に、コンプレックスのようなものも感じられた。大学を学力のレベルでくらべれば、日章大よりも新光大の方が上になるからだろうか。

今、このレースの中では圧倒的な優位性を持っていても、世間の評価というものからは簡単に逃れられないらしい。そう考えると少しおかしい。

もっとも、参加選手の中には、新光大など足元にも及ばないようなエリート国立大の学生だっている。スポーツ入試などあるはずもないから、文武両道そのものといった選手だ。彼らだって六人の選手を送り込んでいるから、新光大よりもよっぽど強い。

まあ、どちらにせよ、俺と櫻井がぼっちゃんに見えるようなら、こいつの観察眼も大したことはない。

櫻井が低い声で言った。

「前の方に行くぞ。離れるな」

「わかりました」

レースは十二キロを十三周。トータルで百五十六キロだ。長野のレースとほぼ、同じ長さだ。

だが、手探りでわけもわからないまま走ったあのときとは違う。

櫻井はじりじりと位置をあげていく。俺も櫻井の後ろから離れない。

位置取りひとつでも激しい攻防があることがわかる。決まった周回での上位通過者にもポイントが与えられるから、レース序盤でも、みんないい位置を確保しようと必死だ。

勾配がいきなりきつくなる。コース図にはゴール前二キロの激しい登りが記されていたが、そこに差し掛かったようだ。

なるほど、これは登りの得意な選手しか勝てないコースだ。俺ではなく櫻井向きの。

マ　ズ　ア　キ

集団の位置関係が一気に変わる。

登りが苦手な選手は後ろの方へ追いやられ、先頭近くには登りの得意な選手だけが残ることになる。

おや、と思ったのは、俺もいい位置をキープできたからだ。

櫻井にぴたりとつき、集団の先頭位置のままゴールを通り抜ける。

櫻井もそれに気づいたようだった。

「おまえ、登れるようになったやん」

「そうみたいですね」

もちろん、これからもっと攻防は激しくなるはずで、一周目で喜んでいる場合ではない。ただ、俺も力を出し切ったわけではない。五割以下の力で走りながら、先頭をキープできたことに驚いている。

ハートレートモニターの心拍数も、平常時より少し上がっただけだ。

周りにいる選手の中には、すでに息を弾ませている者もいる。彼らは今はここにいても、最後まで残ることはできないはずだ。

周回コースというレース形態では、集団から遅れた者は容赦なく切り捨てられ、レースを続ける権利を失う。

放送で三人の失格が告げられた。

そう、これは生き残りレースだ。だが、最後まで生き残っただけでは勝てない。最後に残った者たちで勝利を争う。

三周目。何人かの選手が飛び出して、周回の先頭を競う。

彼らは大学の総合成績を少しでも上げようとする選手たちだ。もともと、ふたりしかいない俺たちには総合成績は関係ない。個人成績でどちらかが上位に食い込むこと、それしかない。

レースが進んでいくに従って、俺は自分の頭が冷えていくのを感じた。

クリテリウムのときの滾《たぎ》るような気持ちと、まったく違う。だが、やる気が失《う》せているわけではない。その逆だ。

イノシシのように走り抜けるだけでは、このレースは勝てない。コースは俺向きではないし、まわりは恐ろしいほど強い。

じゃあ、どうやって戦う。そう考えれば考えるほど、気持ちは静かに凪《な》いでいく。

まわりの選手たちの表情や首筋の汗までよく見える。

四周目、五周目。すでに三十人近い選手が遅れてリタイアしていた。俺はといえば、身体が温まってきて走るのが気持ちいい。

どこで勝負する。問題はゴール前の二キロの急勾配だ。そこで振り切るのは、たぶん俺の実力では難しい。

その前、四キロは緩やかな上り坂で、残りが下りとほぼ平坦《へいたん》。

俺がいちばん力を発揮できるのが平坦だから、コースが逆ならばもっと有利だった。上り坂をなんとかしのぎ、平坦で力を爆発させればよいのだから。

だが、逆だとどうしようもない。

六周目、七周目。半分を過ぎた。八十キロ以上を走ったことになる。

周囲の選手たちにも疲れの色は濃くなってきている。

補給地点で新しいボトルや、食べ物の入ったサコッシュと呼ばれる袋を受け取る。

俺はエナジードリンクとエナジーバーをポケットに詰め込み、あんパンを齧《かじ》った。

見れば、櫻井はすでにエナジードリンクの蓋《ふた》を開けて飲んでいる。

悪い傾向だ。エナジードリンクはすぐエネルギーに変わるから、最終局面まで置いておくのが定石だ。だが、今ドリンクを飲んでいるところをみると、たぶん櫻井には固形物を摂《と》る余裕はない。

俺は自分のエナジードリンクを櫻井に差し出した。櫻井は俺の意図に気づいたようだった。

「悪い……助かる」

「代わりにエナジーバー下さい」

櫻井のエナジーバーをポケットに入れた。俺は胃腸が強いから、早めにこれを食べればエナジードリンクの代わりになる。

時間は正午を過ぎている。さすがにこの時間になると、曇天でも暑い。額から背中から、汗がびっしりと噴き出してくる。

意識的にボトルのスポーツドリンクを飲み、脱水症状を防がなければならない。これを忘れてしまえば、もうその後は使い物にならない。身体が動かなくなり、脱落していくだけだ。

八周目。集団はもう半分近くにまで減っている。

九周目。何人かが飛び出した。疲労を感じ始めていた集団に、緊張が走る。この時点での飛び出しは、優勝狙いだ。見逃すわけにはいかない。

だが、動くのは俺ではない。強豪校だ。様子を見ていると、やはり日章大や鷹島大の選手たちが集団をコントロールして、飛び出した選手たちを追いかけている。

十周目を過ぎたところで、あることに気づいた。

坂を登り切ったところで、俺は集団の先頭近くにいる。特に前に行こうと努力していないのに、だ。

体重が重く、登りでは不利なはずなのに、なぜか登りが得意な選手よりも先にいる。もちろん、自転車も軽くなったし、体重だって減った。長野のときよりは登れるようになったはずだが、それだけではないはずだ。

周囲を見回して、その理由に気づく。疲労だ。

真夏の昼日中を何時間も走り続けて、みんなくたくたに疲れ果てている。俺だって疲れてはいるが、たぶんまだ余裕があるのだ。俺は頑丈にできている。どちらもたっぷり体力があれば、登りの実力勝負になるが、レース後半になれば疲れていない人間が勝つ。単純な話だ。

だとすれば俺にも勝機はある。

隣で櫻井が二本目のエナジードリンクを飲み干すのが見えた。空の容器を叩《たた》きつけるように道ばたに捨てる。

逃げ集団との差は一分。たぶんメイン集団は、さらなる飛び出しを警戒して、これ以上差を縮めることをやめている。

このままメイン集団にとどまって、最終の登りでの勝負に賭けるか、それともここで飛び出して、逃げ集団に追いつくか。

とどまれば、もし追いつけなかったとき、戦わずして負けることになる。だが飛び出せば無駄な力を使ってしまうから、追いつかれたときにもう勝てない。

戦略としては待つよりも動く方が好きだが、今回、どちらが正解だろう。

櫻井の目は爛々《らんらん》と輝いているが、感情は読めない。

俺は考えた。逃げ集団には鷹島大の選手はいるが、日章大の選手はいない。だとすれば日章大のアシストは、自分の順位を落としてでも逃げ集団をつかまえようとするはずだ。

それに、逃げ集団は四人だ。最悪、優勝を奪われても、メイン集団内であがいて先頭を取れば、個人成績十位以内に入れる。

今飛び出してしまえば、一かゼロ。そう考えれば結論はひとつだ。

俺が気持ちを固めた瞬間だった。櫻井の自転車がふっと宙に浮いた気がした。

軽やかなダンシングで、十一周目の上り坂を駆け上っていく。

彼は一か八かの勝負に出ることに決めたらしい。後ろを振り返りもしなかった。

さすがに登りを得意としているだけあって、みるみるうちに集団を引き離していく。

俺はほれぼれするような気持ちで、櫻井の背中を見送った。

だが、十二周目。集団は牙を剝《む》いた。

日章大や鷹島大、そして地元の伊勢大の選手たちが交代で集団を引き、速度を上げる。彼らは自分の勝利を考えていない。だからこそ強い。

脱落するつもりで全力を出し、逃げ集団を追いかける。一度は遠ざかった逃げ集団の背中が、次第に近づいてくる。

集団にいるからまだ冷静に見られる。だが、逃げている選手たちにとっては、追いかけてくる集団は恐怖だ。何度も振り返ってしまい、速度が落ちる。すでにあきらめて力を抜いた選手もいる。

逃げ集団は、十三周目。最終周回の半ばでつかまってしまった。櫻井が悔しそうにハンドルを叩くのが見えた。

最後の二キロ、上り坂に差し掛かる。

もうこうなってしまえば、アシストもエースもメインも逃げも関係ない。ヒルクライムは個人と個人の戦いだ。

個人の体重と実力、そしてこれまで蓄積した疲労度との。

体重は不利だし、実力的にも自信はない。だが、疲れてはいない。一度も力を使わず、集団で体力を温存してきたのだ。

だから、俺は全力でペダルを踏む。

軽いギアを多くまわす方がパフォーマンスがいいことは知識として知っている。だが、俺はあえてギアを重くして、力任せにそれを踏んだ。

ダンシングで体重をかけ、坂を登る。

少しずつ、まわりから選手が減っていくのがわかったが、不思議と意識しなかった。

むしろ、筋肉と心臓をいじめ抜く、マゾヒスティックな快感に酔いしれる。

すべての力を出し切って、ぼろぞうきんのように崩れ落ちたいとすら思う。

急勾配の先のゴールは、空しか見えない。

あそこまで行けば飛べるかもしれないと思った。


自分が真っ先にゴールを走り抜けたことに気づいたのは、ゴールの先まで進んでからだった。

俺は酸欠でへろへろになって、自転車を降りるとその場にしゃがみこんでしまった。

無理矢理身体を起こされると、満面の笑みで村上が立っていた。

「正樹！　おまえすごいな！」

「え……」

ようやく勝った実感がこみ上げる。でもまだ雲の上にいるようだった。

「すごいよ！　個人優勝だぞ！」

知ってる、と答えたいが、がくがく揺さぶられて、脳が溶けそうだ。

スタッフがやってきて、無表情に言った。

「おめでとうございます。ドーピングコントロールをお願いします」

ああ、これが待ってるんだ、と思った。優勝にはつきものの、屈辱的な行為。人前で尿を取られるという儀式が。

ルールだから仕方がない。俺はのろのろと立ち上がって、検査室に向かった。

途中、櫻井が自転車に跨《また》がったまま立っているのが見えた。

こういうとき、なんというべきなのだろう、と考える。櫻井が勝ったのなら簡単だ。おめでとうございますと言えばいい。だが、勝ったのは俺だ。

戸惑いながらすれ違ったとき、櫻井はらしからぬほど小声で言った。

「俺は認めへんからな」と。

8

正直なところ、実感がわくまでに十日以上かかった。

一年生で、いきなりインカレ個人成績一位が快挙であることはもちろんわかるし、勝てたこと自体はうれしい。だが、残念ながら世界がそれで一変するほどの出来事ではない。

道行く人がいきなり俺を振り返るようになるわけではなく、リムジンで大学に送迎してもらえるわけでもない。

大学の知人ですら、俺が自分から言わない限り、そんなことがあったことも知らない。

あまりになにも変わらないことに、なんだか拍子抜けしたほどだ。

だが、その波紋は静かに広がっていった。最初は森脇から祝福のメールが届いたくらいだったが、彼が話したのか中学のときの友人からも、何通かのメールが届きはじめた。

同級生の間でも少しずつ話は伝わり、これまでそれほど話したことがない人間から、声をかけられたり、「おめでとう」と言われることもあった。中には、ちょっと可愛《かわい》い女の子などもいて、舞い上がってしまいそうになる。

地元の情報誌が取材にきたり、大学の同窓会会報でインタビューを受けたりもした。どちらも小さい記事だったが、自分の名前や写真が印刷物に載っているのを見るのは、ひどく不思議な感覚だった。

だからといってもちろん、俺の自転車部内での地位があがったわけではない。相変わらず、一年坊主《ぼうず》でいちばん後輩だ。

まあもともと、一年だからといって雑用を言いつけられたり、こきつかわれていたわけでもないので、こんなものだろう。

櫻井の態度も、目に見えて変わったところはない。相変わらず俺には話しかけてくるし、気に入らないことを言うと小突かれる。

だが、以前にはなかった壁のようなものを感じる。気のせいだと言われたら、納得してしまいそうなほどのかすかな違い。

——俺は認めへんからな。

勝利の後に投げつけられたことばを思い出す。

普段の、巻き舌で挑むような大阪弁とはまったく違う、どこか冷ややかで静かな声。あれは嫉妬《しっと》なのか、それとも宣戦布告なのか。

最初の頃は、わかりやすいヤンキーにしか見えなかった櫻井の印象は、この数ヶ月で二転三転している。乱暴だが、人懐《ひとなつ》っこくて親切で、裏表がないように見えていたのに、ふとした瞬間に、見たことのない顔をする。

インカレの後、彼は一度も俺の勝利をたたえるようなことは口にしていない。村上たちがその話をしても、あまり表情を変えずに聞き流すだけだ。

もし、櫻井が人前では俺の勝利や実力を賞賛し、陰では嫌味を言うような男ならば、俺はそれだけで、彼を大嫌いになっていただろう。

俺にとってもうひとつよかったことは、村上や隈田があまり櫻井の不機嫌に頓着《とんちゃく》しないことだ。櫻井が黙りこくっていても、村上たちはまったく気にせずにインカレの話をする。

自転車部の空気は、良くも悪くも変わらない。櫻井と俺の間にある、見えない壁を意識しないでいる限りは。

櫻井を先輩として立てて、ぶつからないようにうまくやることは難しくはない。だが、そうはしたくない自分がいた。

もし、どちらが強いか確かめる必要があるのなら、正々堂々と戦いたい。その結果、自転車部に居づらくなってもかまわない。自転車チームならば大学の外にもあるし、ひとりで市民レースに参加したってかまわないのだ。

どんな形でもいい。俺は今、自分が行ける場所まで行きたいのだ。


授業を終えて部室に行くと、櫻井が畳に座って携帯を弄《いじ》っていた。

いまだにふたりきりになるのは、少し気まずい。とりあえず挨拶《あいさつ》だけして、サイクルジャージに着替えることにした。

村上は二日前から、再手術のために入院している。あらかじめわかっていたこととはいえ、あの事故の原因になったのは俺だから、再手術のことを考えると胸が痛い。同時に、あの事故さえなければ俺が自転車をはじめることもなかったのだと思うと、妙な感覚だ。

村上は見舞いになどこなくていいと言ったが、入院中に一度くらいは顔を出すつもりでいた。

櫻井が衝立《ついたて》越しに話しかけてきた。

「正樹、自転車の調子はどうや？」

「あっ、あ、はい」

急だったから、俺は少しうろたえる。

「いいです。なんというか、圧倒的に軽い感じがします」

インカレで優勝できたのは、自転車を替えてパフォーマンスが上がったおかげでもあると思っている。

「走りやすいか？」

「はい、俺に合ってると思います」

カーボンもアルミも、乗ってみれば大きな差はないと言う人間もいるが、俺にとっては大きな違いだった。いや、むしろフレームの差だけではなく、借り物と、パーツからなにから自分に合わせて選んだ自転車との違いなのだろう。

「そうか……。なら、よかったわ」

櫻井は大して興味なさそうにそう言った。

フレームのことは、少し気にかかっていた。もらったものとはいえ、櫻井に嫌われたのなら、返してもいいと思っていた。パーツをぎりぎりの予算で組んだから、ここからまたカーボンのフレームを買うのはきついが、それでも親に借金をするという方法もある。

だが、こちらからそれを言い出すのも妙だし、むしろ俺からの宣戦布告と取られる可能性もある。別に積極的に揉《も》めたいと思っているわけではない。

着替えて衝立の外に出ると、ちょうど隈田がやってきたところだった。櫻井とふたりきりにならずにすんで、俺は胸をなで下ろした。

隈田が鞄《かばん》を肩から下ろしながら尋ねる。

「今日はどうすんの？」

「ヒルクライムの練習しようや」

村上がいなければ、自動的に主導権は櫻井のものになる。俺も別に反対するつもりはない。

ヒルクライムの練習にいつも使うのは、三十分ほど走った先にある三キロほどの激坂だ。学校の近くにも坂はあるが、短すぎたり、道が整備されていなかったり、交通量が多すぎたりで、練習には向かない。

週に一、二度そこまで行って、心拍数を測りながら登ったり下りたりを繰り返す。練習場所に向かいながら、ふと思い出した。

そういえば、自転車部に入ることになって、最初に連れ出されたのも、この坂だった。あの頃は右も左もわからず、自分が自転車競技に向いていることにも気づいていなかった。体重も今よりもずいぶん重かったし、なにより憂鬱《ゆううつ》な気分だった。たった四ヶ月後に、驚くような成績を残すなんてまったく想像もしていなかった。

人は自分のことですら、ほとんど理解していないのだ。

そんなことを考えながら、ペダルを踏む。櫻井が先頭交代のため、俺の横を通り過ぎていく。その顔が妙に険しいように思えて、少し気にかかる。

坂の起点に到着して、自転車を止める。櫻井はボトルケージからボトルを引き抜いて、喉《のど》を潤《うるお》した。ボトルを戻しながら言う。

「正樹、勝負しようや」

「ええっ」

驚いて声を上げると、櫻井はにやりと笑った。

「なんもビビることないやろ。全国一位」

その言い方に少しムッとする。

「別にビビっているわけではないですけど」

「じゃあ、ええやん。勝負しようや。この坂を三回登って、三回下りる。それでどっちが速いかを決めようや」

隈田がおろおろしながら、俺と櫻井の顔を見比べている。隈田も櫻井がそんなことを言い出したことに驚いているようだった。

俺は小さく息を吐いた。

「いいですよ。やりましょう。折り返し地点はいつものところですね。隈田さんにタイム計測してもらいますか？」

「そんなまどろっこしいことはいらんわ。一緒にスタートしたら、どっちが速いかすぐわかるやろ」

俺は頷《うなず》いた。

「わかりました。じゃあそうしましょう」

ここで勝負する意味はわからない。勝ったって俺にはなんのメリットもない。むしろ負けた方が、櫻井との間にある微妙な空気を一掃できるかもしれない。

だが、櫻井はなにかを察したように言った。

「わざと負けたりしたら承知せえへんで」

「そんなことしませんよ」

そう答えると、櫻井は鼻から息を吐くように笑った。

坂を見上げて考える。正直なところ、自信はない。この前勝てたのは、百六十キロ近く、時間にして四時間を超える長距離レースだったからだ。

自転車ロードレースには、どこか耐久レースのような一面がある。炎天下で、もしくは逆に大雨の中、全身をぐっしょり濡《ぬ》らして走り、ときに落車で地面に叩《たた》きつけられ、力尽きてしまわないように無理に食べ物を口の中に押し込んで、戦い続ける。

そんなふうに痛めつけられながら、生き残ったものが勝者となる。

単なるスピードだけの勝負ならば、その場でスプリントをすればいい。だが、ロードレースのスプリント勝負は、百五十キロ以上、ときに二百キロを走った、その後にある。

つまり過酷なレースの中で、生き残ることこそがロードレースの本質なのだと思う。

この前のレースのときに気づいた。俺は自分で思っている以上に頑丈で、だからこそロードレースに向いている。

だが、単純なヒルクライムとなれば、また話が違う。

ここへくるまでの十キロほどでは、櫻井はまだ少しも疲れてはいないだろう。そうなれば、櫻井の体重の軽さは、圧倒的な優位性となる。平坦《へいたん》ならばまだしも、坂で勝てる可能性は低い。

負けてもいい勝負であることは事実だが、だからといって負けたいわけではない。できることなら勝ちたかった。

櫻井がペダルに足をかけて、クリートをはめた。

「行くぞ、正樹」

それを合図に、俺もペダルを踏み出した。


予想はしていたが、出だしで大きく引き離されてしまった。

櫻井の走りは軽やかだ。背中に羽根でも生えているのではないかと思うくらい、身軽に坂を登っていく。

――イノシシには登り坂はきついな。

俺は自嘲《じちょう》気味に笑って、遠くなる櫻井の背中を追う。

このまま無理にでも力を出して、櫻井を追うか、自分のペースを守り続けるか。俺は少し迷って、無理をしないことにした。

山頂にある道路脇《わき》のミラーを折り返し地点として、登り下りを三回繰り返す。一発勝負ではないから、巻き返すチャンスはあるはずだ。レースには、無数の分岐点がある。どちらを選ぶかで結果はまるで違う。体力だけの勝負ではない。少なくとも、これまでを思えば、俺の勘はそれほど鈍くはない。

それでも、引き離される距離は少ない方がいい。俺はダンシングに切り替えて、スピードを上げた。

心拍数が上がりきらない、ぎりぎりの範囲を見極めて走る。

体調は悪くない。引き離されて、負けるかもしれないが、それでも気分よくペダルを踏める。

改めて思う。坂を走ることは、自分と向き合うことだ。

位置取りや戦略などはとことんまで削《そ》ぎ落とされ、ただ自分の心臓と筋肉の声にひたすら耳を傾ける。

限界のごくわずか手前、暴れ馬のような身体《からだ》をなだめながら走る。

頂上の二百メートルほど手前で、道路の反対側を下る櫻井とすれ違った。思ったよりも引き離されている。

俺はペダルを踏む足を速めた。

下りは体重が重い方がむしろ有利だが、櫻井はブレーキングがなによりうまい。さほど差は縮められないだろう。

俺は舌打ちをした。やはり、まだ登りでは櫻井の方が強い。

一ヶ月前は当たり前だと思っていた事実が、今では悔しく感じられる。平坦ならば負けない、などと考えてしまう程度には、俺も負けず嫌いだ。

折り返し地点に到着すると、俺はUターンして、登ってきた坂を下りはじめた。

空気抵抗を少なくするために、サドルの上で身体を縮め、なるべくブレーキをかけないように坂を下っていく。

櫻井の背中はもう見えない。焦《あせ》る気持ちを、呼吸を整えて押さえ込む。

登りで熱を帯びた身体が、風を受けて冷やされていく。大丈夫、まだ疲労は浅い。

もう下まで降りたらしく、櫻井が登ってくるのが見える。少し差が縮まったような気がする。下りならば、少しは戦えるということか。

だが、下りで縮めても、また登りで引き離されては意味がない。下り終えると、俺はペースを上げて、また登りにかかる。

勝負ならば、自分のペースを守って負けるのも、無理をして負けるのも同じことだ。

このままでは勝てないと思うのなら、自滅覚悟で勝負に出るしかない。

遠くに見える櫻井の背中を見ながらペダルを踏む。

追われる側よりも追う側の方がアドレナリンが出る。決して悪い状況ではない。後ろから見れば、ダンシングのときも櫻井の身体はあまり揺れてはいない。たぶん力の使い方の効率がいいのだろう。力任せに走る俺とは違う。日が少しずつ落ちてくる。気温が下がれば身体も楽になる。それは櫻井も同じだ。ただ、櫻井の背中だけを見て走る。少し距離が縮まったような気がするのは、楽観的な見方だろうか。

二度目の登りでも追いつくことはできなかった。だが、下っていく櫻井とすれ違ったとき、彼の表情を見て確信する。櫻井も本気で力を出している。ほとんど余裕はなさそうだ。

俺は呼吸を整えた。俺の方はまだ余裕がある。最後の登りを全力で行けば、勝てるかもしれない。

あたりは少しずつ暗くなっていく。もう櫻井の背中は見えない。前にいるのは確かだ。

二度目の下りを終えて、最後の登りに挑む。

もう心拍数などかまっている余裕はない。俺は限界まで力を込めて、ペダルを踏んだ。

身体が火のように熱いが、それも嫌な気分ではない。指の先まで酸素が行き渡っている気がする。

筋肉も心臓も限界まで追い込んで、働かせる。あとは気力の勝負だ。

数十メートル先に、櫻井の背中が見えたとき、一気に全身の血が熱くなったような気がした。俺が思ったとおり、櫻井に余裕がなければ勝てるかもしれない。

最後の力を振り絞る。登りはあと、五百メートルもない。最後の下りは余力でなんとかなるはずだ。

ペダルを踏み壊さんばかりに力を入れて、櫻井の背中を目指す。

櫻井が振り返った。俺がここまできていることに気づかなかったのだろう。目が大きく見開かれる。

虚を突かれたようになっている櫻井を俺は追い抜いた。

後ろで櫻井が小さくつぶやくのが聞こえた。

「なんで、おまえなんや……」

力を抜くことはできない。まだ勝負は決まったわけではない。俺は振り返らずに、全身で前に進む。

頂上まで辿《たど》り着いて、折り返す。櫻井は思っていたより、後ろにいた。

どうやら俺に追い抜かれたことで、戦う気力が失《う》せてしまったようだった。彼らしくない、と思う。

だが、ゴールはここではない。まだ俺は勝ったわけではないのだ。

やっとつかみ取ったこの距離の差を失わないように、下りに挑む。いつの間にか日は完全に落ちていた。街灯の数は少なく、あまり視界はよくないが、かまってはいられない。

後ろで櫻井がなにかを言った気がしたが、風の音で聞こえない。

下りはあっという間だ。俺は前傾姿勢になって速度を上げる。

たぶん、俺は舞い上がっていたのだ。記録に残らない勝負でも、勝ちは勝ちだ。もともと交通量の少ない道だったから、脇道にも注意を払わなかった。

全身が光に照らされてやっと気づいた。脇道からミニバンがこっちに向かってきていた。

一瞬、身体がすくんだ。ドロップハンドルの下部を握っていたから、ブレーキにも指が届かない。

クラクションの音が響く。とっさにハンドルを切って、方向転換した。

前輪が浮き上がり、自転車ごと身体が地面に叩きつけられる。

ミニバンのタイヤは、俺の肩から三十センチも離れていない場所を通り過ぎていった。

ブレーキの音が響いた。櫻井が俺の足元に立っていた。

俺は、アスファルトの上から起き上がった。まず、自転車を確かめる。どこも歪《ゆが》んではいないようだ。

櫻井は低い声で言った。

「怪我《けが》は？」

そう言われて、やっと俺は自分がひとつ間違えば死ぬところだったことに気づいた。

身体を動かしてみるが、打ち付けられた痛みが背中と肩にあるだけだ。

「大丈夫です。たぶん」

受け身は取りなれているから、頭も打っていない。

「そうか」

櫻井はそう言ったあと、いきなり俺の胸ぐらをつかんだ。

頭が白くなるような衝撃があって、殴られたのだと気づいた。

「気ぃつけろ！　アホ！」

櫻井の声が頭に響く。落車よりも強い衝撃だった。

手が離れて、よろけながら俺はもう一度地面にしゃがみ込んだ。

「なにやってんねん、死ぬぞ！」

「すみません……」

櫻井の言うとおりだ。ここはレース会場ではない。交通規制などされていないことを忘れるべきではなかったのだ。

櫻井は自分の自転車に跨《またが》って言った。

「帰るぞ。おまえの勝ちでええ」

俺はよろよろと立ち上がって、もう一度自転車を起こした。

頬がじんじんと痛む。この調子では痣《あざ》になっているかもしれない。

坂の下まで一緒に下りると、待っていた隈田が驚いたように俺と櫻井を見比べる。

「あれ、勝負はどうなったの？」

俺が口を開く前に、櫻井が言った。

「そんなんもうどうだってええ。終わりや。帰るぞ」

隈田はなにが起こったのか理解できないようで、俺をまじまじと見る。俺はなんでもないのだと言う代わりに笑ってみせた。

「だって、勝負してたんじゃなかったの？」

繰り返す隈田を、櫻井はきっと睨《にら》み付けて言った。

「正樹の勝ちや！　それでええやろ」

そのままペダルに足をかけて走り出す。隈田はまだ戸惑ったような顔で櫻井の後を追った。

ふたりを見送りながら思った。

櫻井もよっぽど負けず嫌いだ。


病室のカーテンを開けると、村上がこちらを向いた。

「なんだ、こなくていいと言ったのに」

「いえ、こっちの方にくる用事があったので」

ベッドの横にある椅子《いす》を引き寄せて、そこに座る。村上は怪訝《けげん》な顔になった。

「おまえ、顔、どうした？」

櫻井に殴られた跡は、青く鬱血している。同級生たちにもどうしたのかと聞かれたから、よっぽど目立つのだろう。

「いや、まあ、ちょっと……」

　ごまかすと、村上はそれ以上は問い詰めようとせずに口を閉じた。

　手術は一昨日《おととい》終わったと聞いている。足の上には毛布がかかっているからどんな状態になっているかはわからないが、少なくとも大層な機械が取り付けられているというわけではない。

「どうですか？　足の様子は……」

「ああ、昨日は相当痛くて参ったけど、今日はずいぶん楽だ。でも、明日からさっそくリハビリらしい。足にメスを入れたんだから、一週間くらいは休ませてもらえると思ってたんだがな」

「早く動かした方が、術後の経過がいいと聞いたことありますよ」

「ああ、そうらしいな」

　そんな会話をしながら、買ってきたプリンの箱を渡す。

「これ、どうぞ。食事は特に制限されていないんでしょう」

「おう、悪いな」

　そういえば、最初の手術のときにゼリーを買っていったことを思い出す。あのときと違うのは、プリンが村上の好物だと知っていることだ。

　冷蔵庫にしまっておいてくれ、と言われたので、ベッド脇にある小さな冷蔵庫にプリンの箱をしまう。

「でも、もうベッドから起きられるんですか？」

ベッド脇には車椅子があるから、まだ自分では歩けないのだろう。冷蔵庫に入れたら取り出せないのではないかと心配する。

「看護師さんがきたときに取ってもらうからいいんだ」

冷蔵庫のドアを閉じて椅子に座り直すと、村上はまた俺の顔をまじまじと見た。

「そんなに目立ちますか？」

「いや、それほどでもないが、顔だからな」

確かに顔だから隠しようがない。髪はいつも短く切っているから、頬を隠すほどはないし、絆創膏《ばんそうこう》で隠すのもよけいに大げさだ。かといって、女性のようにファンデーションを塗るわけにもいかない。

「その顔、もしかして櫻井か？」

いきなりそう言われて、俺は身体を強《こわ》ばらせた。

嘘《うそ》をつこうかどうしようか迷ったが、もし村上が退院してから櫻井に聞けば、嘘をついたことは簡単にばれるだろう。櫻井はたぶん隠さない気がした。

俺の表情で気づいたらしく、村上はためいきをついた。

「あいつ……あれほど簡単に手を出すなと言ったのに」

「今回は俺が悪いんです。気にしないでください」

櫻井の手が早いことはこれまで一緒にいて知っていたし、俺も腹を軽く殴られたり、蹴《け》られたりはしょっちゅうだ。だが、この前のパンチはこれまでとはまったく違った。俺がひ弱なタイプならば、脳震盪《のうしんとう》くらいは起こしていたかもしれない。

「なにをした。いや、言いたくなければ言わなくてもいいが」

なんとなく殴られた痛みが甦《よみがえ》るようで、俺は手で頬を覆《おお》いながら答えた。

「練習中、ちょっと夢中になってしまって、まわりを確認せずに飛び出して、車にぶつかりそうになったんです」

思い出せば、あのとき、ライトも付け忘れていた。弁解のしようもない。

「それで、櫻井さんが怒って……それだけです」

村上は、ああ、と口の中でつぶやいた。

「そうか……。それは仕方ないな。頭に血が上りやすい奴《やつ》だから、悪く思わないでやってくれ」

「はい、別に気にしてません」

それよりも心に引っかかるのは、インカレの後に櫻井が言った「認めない」というひとことだ。殴られたことなどそれにくらべれば些細《ささい》なことだ。

村上は視線を窓の外にやった。

「あいつ、兄貴を交通事故で亡《な》くしてるからな。よけいに熱くなったんだろう」

「え……？」

兄、ということばに、息を呑《の》む。

俺がもらったカーボンの黒いフレームは、確か兄のものだと櫻井は言っていた。

「いつ頃ですか？」

「あいつが高二のときだって言ってたから三、四年前かなあ」

ならば、あのフレームは兄の形見ではないだろうか。

だからずっと持っていたのか。その上で、パーツを剝《は》ぎ取られたままのフレームを見ているのがつらくなって、俺にくれたのだろうか。

戸惑っていると、村上があわてたように言った。

「元紀には言うなよ。あいつ、その話をされるのはすごく嫌がるから」

「あ、はい。でも、村上さんはなんで知ったんですか？」

「一度、あいつの大阪時代の友達と会って、飲んだときにちょっとその話が出てな」

村上は思い出すように言った。

「だから、最初おまえに絡《から》んだときも、あいつは校外まで追いかけることには乗り気じゃなかったんだ。あのときは、俺と堀田が悪ノリしてしまったがな」

そういえば、あのとき、途中から櫻井の姿が見えなくなっていた。

村上が知っているかどうかはわからないが、念のために聞いてみる。

「そのお兄さんって、自転車に乗ってたんでしょうか」

「さあ、それは俺は知らないが……」

「兄弟はほかにいないんですよね」

「ああ、そう聞いている」

だったら間違いない。やはりあのフレームは亡くなった櫻井の兄のものだ。

「どうかしたのか？」

「いや、兄弟だったら同じスポーツをやってそうだなと思っただけです」

「ああ、そうだな。そうかもしれないな」

適当なことを言っただけだったのに、村上は納得してくれたようだった。

櫻井からフレームのことは誰にも言うなと言われていたから、うまくごまかせたことにほっとする。

ふいに、前から聞きたかったことを思い出した。

「村上さん、どうして自転車部を作ろうと思ったんですか？」

「ああ、俺は大学に入ってから自転車競技の楽しさに目覚めたからな。そしたら、うちの大学には自転車部がなかっただけだ」

簡単に言うが、なかったから作ろうというのは、なかなかの熱意だ。

「あと、元紀に会ったという理由もあるかな。市民レースで会ったあと、大学で再会して、あいつが同じ大学だと知ったときに、こりゃあ自転車部を作るしかないかと思った。強かったからな」

村上は、にやりと笑って俺を見た。

「まあ、二年目にもっと強い奴が入ってくるとは思ってなかったけどな」

そう言われて、なぜか少しうろたえてしまう。

インカレで櫻井を抜いて優勝し、この前のヒルクライム勝負でも勝ったのに、なぜか俺はまだ櫻井にかなわないような気がしている。

それは先輩という刷り込みからなのか、それともなにかが自分に足りないことに気づいているのか。

村上は腕を組んでつぶやいた。

「でも、不思議なんだよな。なんで、元紀は自転車部のある大学に行かなかったんだろうなあ。あんなに強いのに」

「自転車部に所属しなくても出られるレースはありますよね」

クラブ活動だけが、進学先を選ぶ基準にはならないはずだ。

「それでもあいつは、プロ志望だと言っていたから、進学するならば自転車部の強い大学の方がいいはずだ。高校のときの、あいつの成績を見れば、充分スポーツ推薦も受けられたはずなのに」

それなのに、受験勉強をして新光大に入学した。櫻井の意外に真面目《まじめ》な一面を知っているから、それも納得するが、確かに少し不思議な気もする。

それよりも、プロ志望ということばが、俺の心に引っかかった。

「櫻井さん、プロの自転車選手になるつもりなんですか？」

「ああ、そう言っていた。大学を出た後、実業団チームに入るつもりだと」

「そうですか……」

自転車競技を職業にする。これまで、そんなことは一度も考えたことはなかった。夢中で打ち込んではいたものの、スポーツとはアマチュアとして楽しむものだと思い込んでいた。

そんな道もあるのだ。櫻井はそれほど真剣に考えているのだと思うと、なぜか頭を殴られたような気がした。

「しかし、そうやって五年間だったか、真剣にやっている元紀を、おまえは四、五ヶ月で追い抜いてしまうんだからなあ」

村上は感慨深げにそう言った。

「待って下さい。インカレは単に運がよかっただけかもしれないし、追い抜いたとか、そういう言い方は……」

「まあ、元紀も黙ってないだろうな。必死でおまえを抜き返そうとしてくるだろうし」

そう言う村上はどこかおもしろがっているようだ。こちらは別に敵対しているつもりはないから、食ってかかられるのは迷惑だ。

村上は顔をぐっと俺に近づけた。

「でもな、正樹。俺の好きな選手が言ってたよ。『運がよくないと勝てない。だが、運がいいだけでは勝てない』ってな」

俺は息を呑んだ。

「おまえは運がいいだけで、必死に勝利を狙《ねら》ってきた百人以上の選手を蹴落として、頂点に立てたと思うのか？　だったらおまえはバカだ」

その顔には親しみとともに、かすかな怒りも浮かんでいるように思えた。やっと気づいた。俺が追い抜いたのは櫻井だけではない。村上のことも追い抜いていたのだ、と。

実際に勝負をしていない俺には、まったく実感がないが、自分の実力を知っている村上にとっては明白だったのだろう。

自分で自転車部を立ち上げ、走れなくても毎日のように部室にくるほど、村上はこのスポーツに打ち込んでいた。

「すみません……」

「覚えとけよ。運悪く、強い選手が負けることはある。でも、運がいいだけで弱い選手が勝つことなんかない。おまえは勝つべくして勝ったんだよ」

俺は頷いた。

「わかりました。ありがとうございます」

「ま、運がいいだけで勝てたとしたら、ゴール目前でそいつ以外の選手が全員パンクしたとか、そういうのだな」

その言い方に思わずくすりと笑ってしまう。そこまで運がよければ怖いほどだ。

村上は手を伸ばして俺の肩を軽く叩いた。

マ　ズ　ア　キ

「だから、自信持て。一年坊主」

帰り道、遠回りをしながら考えた。

人懐っこく、すぐに感情を表に出すくせに、櫻井の煙幕はやけに分厚い。兄の事故死についても俺に話そうとしなかったし、一年以上つきあっているはずの村上ですら、彼の兄がロードバイクに乗っていたことを知らなかった。

やっかいなのは、人懐っこいのも、すぐ頭に血が上るのも、別に芝居というわけではないところだ。そういう意味では、一見取っつきにくく、無愛想に見られる俺よりもよっぽど複雑だ。

もしかしたら、持病の喘息《ぜんそく》のことも村上は知らないかもしれない。聞いてみたいと思ったが、藪蛇《やぶへび》になってしまうとやっかいだ。

信号待ちのとき、俺は殴られた頬に軽く手をやった。

腫《は》れは引いたのに、鬱血はまだ熱を持っているような気がした。

夏の名残はいつまでも長引き、やっと秋がきたと感じられるようになった頃には、冬はもう目前になっていた。

退院した村上も、すでに松葉杖《まつばづえ》なしで歩けるほどに回復している。まだ走ったりするのは無理だが、室内ではローラー台にも乗り始めていると聞く。確かに自転車は、走るよりも膝《ひざ》の負担は軽い。

プロ選手はシーズンオフだが、学生レースは十二月や一月にもある。冬だからといってゆっくりはできない。

この頃になると、インカレ個人成績一位の影響は、意外なところにも現れた。

複数の企業がスポンサーを申し出てくれたのだ。スポーツウェアのメーカーが、ロゴを入れることを条件に、無料でサイクルジャージを作ってくれることになった。デザインを先方に送って、できあがったジャージは、これまでのものとはまるで違う新素材でできていた。しかも、来年、新入部員が十人入ってきても、困らないほど予備もたくさんある。

大手スポーツショップが名乗りを上げてくれたおかげで、新しいシューズやヘルメットが部室に届けられた。ほかにも欲しいものは言えばもらえるという話だった。

スポーツドリンクのメーカーから、ダンボール箱でボトルが届いたし、もともと商品を届けてくれていた補給食のメーカーからは、来年以降もスポンサーを続けたいという申し出があった。

もちろん、俺ひとりだけの手柄ではない。

スポンサーになってくれた企業は、俺だけではなく、櫻井の名前も必ず出した。強い選手がひとりしかいないチームより、ふたりいるチームの方がスポンサーをする価値がある。それだけのことだ。

だが、侘《わ》びしかった部室に真新しいダンボールがいくつも積み上げられる場面は圧巻だった。

金銭などほとんど絡まないはずの大学スポーツですら、強さは豊かさなのだと知らされる。

十一月後半には、インカレ後、はじめての大きなレースがある。

山梨で行われるロードレースの大会で、学生だけではなく、社会人やプロチームも参加する。去年、櫻井はこのレースの学生部門で、三位に入っている。

確かにコースプロフィールを見ると、アップダウンのきつい櫻井向きのコースだ。しかも距離が八十キロと短い。スタミナが弱点のひとつである櫻井にとっては、格好のチャンスだ。

その日、俺たちは部室でそのレースに向けての対策を練っていた。

宿泊施設はすでに押さえている。前日には現地入りして試走する計画だ。

ふいに、櫻井が顔を上げた。

「なあ、ここらではっきりさせようや。うちのエースは、どっちや。俺か？ それとも正樹か？」

これまで和やかだった空気に緊張が走る。

その疑問は、ずっと俺の中にもあった。だがあえて口に出す勇気はなかった。なりゆきでなんとかなればいいと思っていた。

隈田が、かすかに引きつった笑顔で言う。

「そういうのは、実際にレースの展開を見て決めればいいんじゃないかな。ほら、どっちがエースかわからない方が、ライバル校の目も暗ますことができるし」

隈田の提案を櫻井は一蹴《いっしゅう》した。

「アホか。エースにはエースの走り方、アシストにはアシストの走り方がある。どっちつかずで走れるか」

櫻井は、立て膝をついて村上を見た。

「部長、どうするんや」

村上は眉間《みけん》に皺《しわ》を寄せた。

「俺が、正樹をアシストしろと言ったら、おまえはするのか？」

櫻井は鼻で笑うように言った。

「お断りやな」

だとすれば、答えはひとつしかない。俺は村上を見ながら言った。

「俺がアシストしますよ。櫻井さんは去年、三位まで行ってるんだから」

「おまえは黙っとれや」

なぜか、櫻井に叱《しか》られて、俺は亀《かめ》のように首を縮めた。

村上はしばらく櫻井の顔を見ていた。不安になるほどの時間が流れた後、やっと口を開く。

「元紀、俺はおまえがアシストにまわるべきだと思うよ。もちろん、正樹の調子が悪ければおまえが行くべきだ」

「なんでや！　俺の方が経験もある」

「だが、今は正樹の方が強い」

櫻井の顔が歪んだ。そのまま立ち上がり、部室を出て行く。

俺と隈田は、なんと言っていいのかわからずに、その背中を見送った。

「いいんですか、村上さん。俺、後輩だから別にいいですよ」

俺が声をかけると、村上は首を横に振った。

「いいんだ。俺ももう決めた。先輩後輩なんか、関係ない。強いものが勝つべきだ」

俺は思い出す。そういえば、村上はこの前言っていた。俺が自転車が好きだと言ったときに。

――だったらいい。俺も覚悟を決められる。

村上は俺の顔を見て言った。

「次のレース、エースはおまえだ」

9

　そう言われても戸惑うしかなかった。

　勝ちたい、強くなって櫻井を追い抜きたいと思っていた。いつか自分がエースになるにしろ、もっと先の話だと考えていた。

　もしくは、櫻井とどちらがエースになるか決めずに、うやむやのままレースに挑むのだとぼんやり思っていた。

　櫻井が去っていったドアを眺めていると、村上が言った。

「気を遣うことはないぞ。先輩後輩にこだわるつもりはない。勝てる奴《やつ》がエースだ」

　こういう考え方を持っている村上が部長だから、俺がこの自転車部に馴染《なじ》めたのだということはわかっている。俺は言った。

「今回は櫻井さんがエースということにしませんか？」

「なぜだ。自信がないのか？」

「ぶっちゃけると、そうです」

自分でもわからない。自分が櫻井より強いと言われれば、そうなのかもしれない。インカレでも俺が勝ったし、この前の単純なヒルクライムでも櫻井を追い抜くことができた。先にゴールしたわけではないから、はっきり勝ったと言い切れるわけではないが、あのとき、櫻井に追いつくことができたということは、俺の大きな自信になっている。

だが、エースと言われるとどうしても二の足を踏む自分がいる。

村上は納得できないといった顔でためいきをついた。

「俺は、おまえがエースで走った方がいいと思う。櫻井のためにもな」

自然に口が動いていた。

「俺のためにはどうなんですか？」

村上がはっとした顔で、俺を見る。

「俺はまだ自転車に乗って半年です。経験してない状況はいくらもあります。だから、少し待ってもらえませんか」

そう言いながら俺は理解した。

たぶん、俺は櫻井をもっと知りたいと思っている。彼を駆り立てているものはいったいなんなのか。それが見えない限り、エースと呼ばれることに馴染めそうにない。

村上はしばらく黙っていた。

「ならばダブルエース態勢で行く」

二人しかいないのにダブルエースというのは冗談のような話だ。今回、隈田には出場資格はない。

たしかにそれがいちばんいいと思う。勝てる状況になれば、俺は勝ちを狙《ねら》いに行くだろう。従順なアシストで終わるつもりはない。

村上は髪を掻《か》き回しながら苦笑した。

「まったく、うちの部員は部長の言うことなんか聞きゃあしないな。櫻井にはあとでメールしておく」

「すみません」

「まあ、仕方ない。どっちにせよ、おまえたちの方が強いよ」

俺よりな、と村上は、寂しげな笑顔で言った。

山梨のレースでも、俺と櫻井は同じ部屋に泊まることになった。

部費の関係上、宿泊施設は二部屋押さえるのが精一杯だし、隈田はいびきが問題だ。俺も隈田のいびきで眠りを妨げられたくない。

そうなると、村上と隈田、俺と櫻井という部屋割りになる。

レースに出場しないと言っても、人手は必要だ。ただでさえ部員が少ないのに、隈田を置いて行くという選択肢はない。

櫻井に「正樹と同室でいいか？」と確認すると、「ほかに誰がおんねん」という答えが返ってきたと、村上は言った。

櫻井ははっきり物事を口にする。

レースの話になると口を濁したりはせずに、俺を見て「負けへんからな」と言う。面倒な先輩であることはたしかだが、一緒にいることは苦痛ではない。

考えすぎるのは、むしろ俺の方だ。どう答えていいのかわからず、いつも微妙な笑みを浮かべてしまう。

前日の朝、村上の運転でレース会場へと向かった。

櫻井は相変わらず、レース前日の不機嫌さを発揮し、俺は助手席でぼんやりと外を眺めていた。

楽しみだと思う反面、怖い気持ちもある。

村上は「運がいいだけでは勝てない」と言った。それは正しいと思うが、それでもビギナーズラックということだってある。

若いうちに好成績をあげて、その後ずるずると後退していく選手はいくらでもいる。追う立場だったときには感じたことのない焦燥感だった。

贅沢《ぜいたく》な不安だということはわかっている。だが、贅沢だと思ったからといって、この不安が解消されるわけではないのだ。

むしろ、強くなる自分を感じていたときの方がいい気分でいられた。

頂点に達してしまえば、あとは追われる立場になってしまう。

はじめて感じた憂鬱《ゆううつ》さだった。勝つこと以上に、勝ち続けることはきっと困難だ。

途中のインターチェンジで休憩をした。

朝が早かったから、村上は目覚ましのコーヒーとガムを買いに行き、櫻井もそれについていった。俺と隈田だけが車のそばに残される。

隈田はいつも櫻井と一緒に行動するから、こんなふうにふたりきりになることはあまりない。俺に優しいし、穏やかで気のいい先輩だから、一緒にいて気まずいことはないが、珍しいなと思った。

どうでもいいような話をしていると、ふいに隈田が真剣な顔になった。

「岸田くんさ……知ってるんだよね。元紀の喘息《ぜんそく》のこと」

「あ、はい……」

夏休みの夜、いきなり呼びつけられたことを思い出す。あのとき、櫻井は隈田に連絡を取るつもりで、間違えて俺に電話をかけてきた。

「実は、先週も発作を起こしたんだ」

そんな状態で走って大丈夫なのだろうか。

「だからちょっと気にかけてあげてくれないか。夜とか、あとレースのときも」

「わかりました」

気にかけるといっても、どうすればいいかはわからないが、体調が悪そうならば村上や隈田に報告するくらいはできる。

俺の返事を聞くと、隈田はほっとしたように笑った。

「よかった。言わなきゃと思ってたんだけど、言う機会がなくて」

視線を遠くに向けながら言う。

「元紀が間違えて、岸田くんに電話したって聞いて、正直、ちょっとほっとした。知ってるのがぼくだけだと、やっぱり不安だし。元紀は部長に知られるのは嫌がるし、かといってぼくが心配しすぎると、キレるしさ」

心配しすぎるとキレると聞いて、俺は苦笑いをした。櫻井らしい。

「あんまりうるさく言って、ぼくにも話してくれなくなったら困るから、言わないようにしてたんだけど……」

俺は頷《うなず》いた。櫻井ならたしかに心配する相手には黙っているだろう。

あれから、喘息のことは俺にもひとことも言わない。隈田には話したり、連絡したりするというのは、隈田が淡々と接して、おせっかいなことはなにも言わないからに違いない。

向こうからコーヒーの紙コップを持った村上と櫻井が戻ってくるのが見えた。休憩は終わりだ。俺はもう一度伸びをして、身体《からだ》をほぐした。


宿泊施設に荷物を置き、すぐに試走に出る。

十一月も後半になるとさすがに山は寒いが、真夏、炎天下を走ることを思えば苦しくはない。ペダルを踏んでいれば、身体はすぐに温まる。

「これからの季節は怪我《けが》をしやすいから、気をつけろ」

櫻井にそう警告されたから、ストレッチは充分にした。櫻井も丁寧に筋肉を伸ばしていた。

試走に出ているのはもちろん俺たちだけではない。大学の自転車部、市販のジャージを着た一般人、そして隊列を組んで走るあきらかなプロ選手たち。

明日のレース本番では、この三組はそれぞれ違う時間に出走するから戦うことはない。試走ならではの光景だ。

自転車部かプロかは、離れていてもすぐにわかる。同じように揃《そろ》いのジャージを着ていても、フォームから先頭交代の仕方から、まるで違うのだ。プロの先頭交代は流れるようで、とても美しい。誰が先を走ってもスピードが変わらない。

もうひとつ、プロは俺たちのことを見ない。大学の自転車部なら、新光大のジャージを見てはっとする。

櫻井が言った。

「おまえ、マークされるで」

「でしょうね」

インカレの前もお台場で優勝したが、それはあくまでも下のクラスでのことだ。インカレの個人成績で一位になるのとは、まったく違う。

「みんながおまえを勝たさんようにする。面倒なレースになる」

これまで好成績をあげてきた櫻井も経験しているはずだ。ましてやこちらは弱小チームだ。人数の多いチームにマークされることは、動きを封じられるようなものだ。勝者であり続けるためには、その中で勝たなければならない。

大変だと思ったが、一方で気持ちの昂《たか》ぶりも感じた。ゲームだって敵が強いと聞けば聞くほど、盛り上がるではないか。

「楽しみですね」

そう言うと櫻井は少し驚いた顔になったが、すぐににやりと笑う。

「頼もしいな。でも無理はするなよ」

今度は俺が驚く番だ。俺の顔を見て、櫻井はきょとんとした顔になる。

「なんや」

「いえ……」

無理をするな、というのは櫻井が言われるべき台詞《せりふ》だ。

人は自分のことは、どうやってもわからないらしい。

試走を終えて、自転車部の仲間とは夕食まで別行動を取ることになった。

櫻井は宿泊施設に帰って少し休むと言っていた。俺はそこまで疲れていない。試走もせいぜい足馴らし程度だ。

「俺はちょっとこのあたりを散歩してきます」

「あまり遠くまで行くなよ」

子供に言うようなことを村上から言われて、俺は笑った。

「大丈夫ですよ。夕食までには戻ります」

ミーティングは夕食後の予定だ。

ビンディングシューズをスニーカーに履き替えて、湖畔をぶらぶらと歩いた。ときどき、試走に向かう選手たちや、帰ってくる選手たちとすれ違う。

ジャージの上にウインドブレーカーを羽織っているから、誰も俺のことは見なかった。

しばらく歩いていると、向こうから頭をそり上げた四十くらいの男性が歩いてくるのが見えた。男前というのとは違うが、彫りが深いからスキンヘッドがよく似合う。

彼は俺を見て、はっとしたような顔になった。スタッフか、どこかの自転車部の関係者だろうか。通り過ぎようとすると、声をかけられた。

「岸田正樹くんだよな。新光大の」

「そうですが……」

男性は胸ポケットや尻《しり》ポケットを軽く探して、舌打ちをした。

「ああ、名刺を置いてきたな。こんなことなら持ってくればよかった」

戸惑っていると、彼は言った。

「チーム・オッジのマネージャーをやっている赤城《あかぎ》と言う者だけど、オッジは知っているかい？」

「あ、はい。もちろんです」

チーム・オッジと言えば日本でも有数のプロチームだ。海外に遠征に行くこともよくあると聞く。

「明日のレースに出るのかい？」

「はい、その予定です」

彼はすっかり足を止めて話す体勢に入っている。人見知りの俺は、少し居心地が悪い。早く立ち去りたくてそわそわとする。だが、彼はいっこうに気にする様子もなかった。

「明日は天気が崩れるらしいな。この季節の雨は体感温度が下がる分、きついぞ」

昨日の段階では天気予報は晴れだったが、そのあと変わったようだ。俺は顔をしかめた。

「いやですね」

デリケートなタイプではないが、悪天候が好きなやつなどいない。

しかし、この人は天気の話をするために俺を呼び止めたのか。プロチームのマネージャーなら忙しいのではないだろうか。

そう考えていると、ふいに彼が言った。

「きみは、プロになるつもりはないの？」

「え？」

唐突な質問に戸惑う。

「いえ、まだ一年ですし……」

それにまだ自転車競技を始めて半年ほどしか経《た》っていないのだ。そんなことを考える暇もなかった。

「ああ、そうだよな。今いくつだっけ」

「十九歳ですが……もうすぐ二十歳《はたち》になります」

赤城と名乗った男は真剣な顔になった。

「若いな。もちろん大学を卒業してからでも遅くはない。ただ、早くはじめればそれだけ結果にも繋《つな》がる。スポーツ選手はどうしても身体のピークがある」

自転車選手は比較的ピークが長い方だと聞いたが、それにしたってプロとして通用するのはせいぜい三十代後半までだろう。

だが、どう返事をしていいのかわからない。エースになることすら迷っているのに、プロなんてあまりにも遠い場所だ。

赤城は息を吐くように笑うと、俺の肩をぽんと叩《たた》いた。

「興味があったらいつでも、うちのチームに連絡しておいで。赤城と言ってくればぼくに伝わる。本拠地は大阪だから、少し遠いけどね」

プロになれ、と言われたわけではない。興味があったら連絡してくれというのは、単なる社交辞令かもしれない。

彼は立ち話をしたかっただけで、あんなことでスカウトされたと思うのは自意識過剰だ。

だが、自分を巻き込んで、世界が動き始めている気がした。

翌朝は、やはり小雨が降っていた。天気予報によると昼前には晴れるという。学生レースのスタートは十一時だから微妙だ。

雨なら雨でまだ気持ちの準備ができるが、途中から降り出すとか、途中からあがるというのがいちばん面倒だ。

昨夜、櫻井は食事とミーティングを終えると隈田たちの部屋に行ってしまった。俺はゆっくりとひとりで部屋でくつろぐことができた。

十一時くらいに部屋に戻ってきた櫻井はさっさとベッドに潜り込んだ。しばらくして、寝息が聞こえてくるのを確認して、俺はほっとした。

その後、俺も寝てしまったから、真夜中に彼が起きていたかどうかは知らない。だが、起きたときの顔色も悪くはない。体調はいいようだった。

朝食はやはり、蜂蜜《はちみつ》とジャムを塗ったトーストを無理矢理のように口に押し込んでいたが、それでもいつもより食べている気はした。

必要以上に櫻井の体調を気にしている自分も不思議だが、体調の悪い彼に勝っても意味はない。

一時間前になるとスタート地点に移動して、出走準備をする。タイヤに傷がないか点検しているときだった。

「正樹くん」

女の子の声で呼びかけられて、俺は顔を上げた。自転車の向こう側に、同い年くらいの女の子がふたり立っていた。

一瞬、誰かわからなかった。記憶をたどって思い出す。豊の彼女――さっちゃんだ。

もう片方、背の高い方の女の子には覚えがない。だが、背中あたりまで届くストレートヘアのきれいな子だった。ショートパンツから伸びるまっすぐな足が眩《まぶ》しい。

「ええと、青山さんだったよね。豊の」

「覚えててくれた？　よかった」

彼女は小首を傾《かし》げて笑った。

「実家が山梨なの。だから、応援しにきちゃった。頑張ってね」

「ああ、ありがとう」

彼女は、もうひとりの子の背中を押した。

「わたしの友達で、穂積さん。彼女、自転車レースのファンなんです」

「穂積ほたるです。よろしくお願いします」

緊張しているような顔で頭を下げる。見とれていると、小さく折りたたんだ紙を渡された。

「これ、メールアドレスです。よかったらお暇なときとかでいいんで、メールとかもらえるとうれしいなって」

「えっ！」

日本の女の子から、こんなふうに積極的にメールアドレスを渡されたことはない。これもインカレの効果だろうか。俺はもじもじしながらもそれを受け取った。

穂積と名乗った女の子はもう一度ぺこりと頭を下げた。

「応援してます。頑張ってください」

「あ、ありがとう……」

青山さんが携帯電話を取りだした。

「写真撮っていいですか？」

「ああ、もちろん」

彼女は一度シャッターボタンを押すと、穂積さんを前に押し出した。

「ほら、一緒に撮ってもらいなよ」

穂積さんははにかみながら、俺の横に並んだ。俺の方が照れてしまう。

ふたりが行ってしまうと、村上がにやにやしながらやってきて、俺の髪をぐしゃぐしゃに掻き回した。

「よう、男前」

「なに言ってるんですか。やめてくださいよ」

櫻井は自転車の横で拗《す》ねたように言った。

「俺、あんなんもらったことない」

櫻井の場合は容姿とか性格ではなく、たぶん全身から漂うヤンキー臭の問題だ。

「高校のときはけっこうモテたのに、東京なんか出てけえへんかったらよかった」

ふて腐れた顔でそんなことを言っている。俺は説明した。

「片方が友達の彼女なんですよ。ただそれだけです」

とはいえ、可愛《かわい》い女の子からメールアドレスを渡されて、うれしくない男はいないだろう。

グローブをはめながらにやついていたら、櫻井に見られてしまった。

「こいつ、絶対に負かしたる」

それはどう考えても私怨《しえん》だ。

出走時間になっても、雨は降ったりやんだりを繰り返していた。

待っている間に、ヘルメットもアイウェアも濡《ぬ》れる。小さなストレスでも積み重なれば体力は削られる。

条件は出走者全員が同じだということが救いだ。俺が疲れているときは、隣の奴はもっと疲れている。そう信じなければやってられない。

今回、レースに出るのは六十人。決して多くはないが、今年のレースで得たポイントがそのまま出場資格になる。つまり、強く、調子のいい選手しか出ていない。

インカレのときも思ったが、強い選手しかいないレースはあきらかに空気が違う。勝利への渇望《かつぼう》が湿気のようにまとわりついている。なのに、集団の動きは一体化して、無駄がない。

スタートの合図のピストルが鳴り響き、自転車の群れはふわりと速度を上げた。

見られている、と思った。これまでにはなかった感覚だ。

これまでのレースでは、俺は黙殺されて当然の存在だった。せいぜい、櫻井と同じ学校の選手という認識だ。だが、今、参加している選手のほとんどが俺を知っている。顔は直接知らなくても、ゼッケンの番号で誰かはわかる。

面倒くさく、戦いにくいのも事実だが、一方で驚いたこともある。

これまでは位置取りで、いい位置を取ろうとすると睨《にら》み付けられた。今はすっと俺のための場所が空けられる。先輩や後輩という順位付けとは違う、強い選手への尊重がそこにはある。

無意識のものか、意識的なものかはわからない。だが、ばらばらに戦おうとする選手の集まりなのに、集団はなんらかの意思を持っているような気がする。

ただ、確かなことがひとつだけある。

お台場のクリテリウムのように、簡単に飛び出すことはできない。


三周目で雨はやんだ。

周回は全部で八周。コースの後半は細かいアップダウンが多い上に、カーブも連続する。なかなかテクニカルなコースだった。

雲が切れ、晴れ間が覗《のぞ》くと、多くの選手たちがウインドブレーカーを脱ぎはじめた。俺もさっそく皮膚に貼《は》り付く雨具を脱いで、身軽になる。

ほっとしたのはつかの間だった。

濡れた髪や顔、首筋の皮膚を冷たい風が直撃し、体温を奪っていく。

雨が降っているときには、風の冷たさには気づかなかったし、これまでのレースは夏だった。濡れても寒さに凍えることはなかったが、さすがに十一月ともなれば違う。

冷えた身体は簡単にはあたたまらない。

――きついな。

距離も短いし、難易度も高くはない。なのに、これまでのレースの中でいちばんつらいと思った。

不慣れなときは、興奮と楽しさで身体のつらさは忘れられた。アドレナリンがごまかしてくれたのに、今日はなにもかもが骨身に沁《し》みる。

調子があまりよくないのかもしれない、と思う。どうやっても体調には波がある。強い選手でも体調のピークを保ち続けることはできない。

今日のレースはあきらめた方がいいかもしれない。そう考えたときだった。

櫻井が隣にきた。彼はまだ雨具を脱いでいない。風よけのためかもしれない。

「なんや、しょうもない顔して」

俺と違って櫻井は調子が良さそうだ。そういえば、暑さが苦手だと言っていたから、反対に寒いのは得意なのかもしれない。

調子の良さそうな櫻井を見ると、負けたくないと思う。優勝はできなくても、少しでも上に行きたい。

俺は歯を食いしばって、萎《な》えかけた気持ちを奮い立たせた。

集団は再び、テクニカルなコースに差し掛かった。下りに入って気づいた。乾きかけた路面は、完全に濡れていたときよりも滑る。いつもより、慎重に行かなければならない。

そう警戒したときだった。

前方で、一人の選手の身体がかすかに浮くのが見えた。そのまま横滑りするように倒れていく。

ひどくゆっくり見えたが、実際には一秒以下の出来事だったのだろう。

集団の秩序はその瞬間崩壊した。

避けられなくて落車するもの、避けようとして落車するもの、折り重なって選手たちが倒れていく。

見えていたはずなのに、とっさになにもできなかった。

倒れた前の自転車に前輪が引っかかり、暴れ馬に乗ったように身体が飛ばされた。

落ちていく最中の地面が見える。とっさに身体に力を入れたが、それ以上のことはできなかった。

落ちたところに、別の自転車があった。

肩に激痛が走る。慣れた打ち身とは違う痛みだった。

しばらく、動けなかった。うめき声や、怒号が聞こえる。俺の身体の上にも誰かが折り重なって倒れてきて、身体が軋《きし》んだ。

歯を食いしばりながら、身体を起こした。

三十人近い選手が倒れていた。起き上がって、自転車を探している選手もいたが、大多数が動けない。

痛む肩を押さえると、ぬるりとしたもので手が濡れた。

「つ……っ」

ジャージが破れて、そこから血が流れていた。歯の間から息を吐いた。

どこもかしこも痛む。だが、動けないわけではない。

よろよろと起き上がる。メディカルカーはすでに到着していたが、手当が追いつかない。医療スタッフは、倒れて起き上がれない選手を診るのに忙しい。

俺はガードレールにもたれて、手が動くことを確かめる。いちばん痛むのは肩だ。

ほかは大したことはない。

ふいに、後ろの方に新光大のジャージが倒れているのが見えた。息を呑《の》む。

駆け寄ろうとしたが、櫻井はその前にゆっくりと起き上がった。

脳震盪《のうしんとう》を起こしたのだろう。手で頭を押さえて、何度もまばたきをする。

巻き込まれたのは一緒だが、櫻井も大怪我はしなかったようだ。とりあえずは自分で立ち上がっている。

次の瞬間、櫻井は自分の自転車を起こした。躊躇《ちゅうちょ》なくそれに跨《また》がる。

「櫻井さん……」

まさか、まだ走る気なのだろうか。

もう勝てない。落車に巻き込まれなかった選手はみんな先に行ってしまった。一分程度のロスでも、追いつくのは容易ではない。

しかも、櫻井のふくらはぎには、同じように裂傷がある。

だが、櫻井はビンディングペダルにシューズをはめた。そのままペダルを踏む。

一瞬、ガードレールにもたれる俺と目があった。彼は表情を変えずに、そのまま走り出した。

ぼんやりと遠くなる彼の背中を見送った。

もう一度走り出そうなんて、俺は考えもしなかった。完敗だ、と思った。

結局、俺の怪我は肩の裂傷だけのようだった。

骨折などの長引く怪我がなかったのはラッキーだった。肩の傷は十針ほど縫ったが、入院を必要とするような怪我ではない。

病院からレース会場に戻ると、すでに学生レースは終わっていた。優勝したのは日章大の選手だった。

回収された自転車が置いてある場所に行き、自分の自転車を点検する。

幸い、スポークが歪《ゆが》んでいるくらいで、大きな破損はない。カーボンフレームはもろいから、ちょっとした事故でも折れてしまう。櫻井の兄のものだというフレームを壊したくはなかった。

ブレーキなどを確かめていると、穂積さんと青山さんが現れた。

せっかく女の子にかっこいいところを見せられるチャンスだったのに、全部台無しだ。俺は苦笑いしながら、彼女たちに向かって無事な方の手を挙げた。

「大丈夫ですか？　病院行ってきたんですよね」

青山さんのことばに俺は頷いた。

「うん、でも十針縫っただけだから……」

「だけって……」

青山さんが絶句する。穂積さんはさすがに観戦慣れしているようだった。

「骨折とかじゃなくてよかったですね」

「うん、そう思ってるよ」

裂傷ならば一ヶ月も経たないうちに治る。ひとつ間違えれば、村上のように一年を棒に振る怪我をしていたかもしれないのだ。

「せっかく応援しにきてくれたのに、ごめんね」

「そんなの全然関係ないです。本当にお大事にしてくださいね」

勝てたとか、上位に入れたのならもらったアドレスにメールをする気にもなるけど、落車でリタイアという状況では、なかなかそんな気にもなれないな、と考える。そういうところが自分の駄目なところかもしれないが。

彼女たちと別れて、俺は村上や櫻井を探した。櫻井が遅れて完走したという話は聞いた。やはり集団には追いつくことはできなかったようだが、それでもあそこから完走しただけでもすごいと思う。

しばらくうろうろしていると、駐車場の車のそばでぼんやりしている隈田を見つけた。

声をかけると、隈田はこちらを見てほっとした顔になった。

「ああ、岸田くん。大丈夫だった？」

「ちょっと縫いましたけど、それだけです。櫻井さんは？」

隈田の表情が曇る。

「手首が痛むって言って、ゴールしてから病院に……折れてなきゃいいんだけど」

俺は息を呑んだ。

打撲の痛みならば、櫻井にもわかるはずだ。わざわざ病院に行ったということは骨折している確率が高い。

俺はすれ違ったときの櫻井の目を思い出していた。痛めつけられても、闘志は少しも揺らいでいなかった。

肩の痛みよりも、あの目に叩きのめされた気がした。

戻ってきた櫻井はこともなげに言った。

「折れてた」

左手にはたしかにギプスがはまっている。

「まあ、左やし、全治二ヶ月やから大したことない」

村上は不機嫌な口調で言った。

「肋骨《ろっこつ》も折れてたくせに」

「肋骨はどうしようもないやろ。変な折れ方してたわけやないし、ほっといたら治る」

当たり前のような口調だった。

「正樹はどうやった？」

櫻井に聞かれると、答えるのが恥ずかしくなる。

「ディレイラーで肩を切っただけです。十針ほど縫いましたけど」

「それですんでよかったやん」

「はい……」

櫻井はにやりと笑った。

「おまえ、やっぱり頑丈やな。最初会ったときから思ってたわ」

最初のきっかけも、やはり事故だった。

「少なくとも、それだけは褒めたるわ」

どうやら、こんなに頑張ってもそれしか褒めてもらえないらしい。


自分の部屋に帰り着いたのは、夜の十一時だった。

傷を防水フィルムで保護してからシャワーを浴びた。縫った日でもシャワーを我慢しなくていいのはありがたい。傷は肩だから、半身浴なら湯船にも入れる。

バスルームで裸になってみると、肩の傷以外にも、あちこちに擦り傷や内出血があった。肩の痛みに気を取られて気づかなかった。人間というのは案外鈍感だ。

事故の瞬間は、鮮烈に網膜に焼き付けられている。目を閉じると簡単に再生できるほどに。

バスルームを出て包帯を巻き直す。髪を乾かした後、ベッドにやっと潜り込んだ。

電灯を消すことすらおっくうなほど疲れているが、それでもなんとか携帯のメールをチェックする。

豊からメールが届いていた。青山さんがなにか言ったのだろうか。

開いてみると、たった一行だけ書かれていた。

「どうして助けてくれなかったの」

意味がわからなかったのは数秒だけだった。じわりと脂《あぶら》がしみ出すように、記憶が心の表面に浮かび上がる。

疑う余地もなかった。彼が言っているのは六年前のことだ。

中学二年生の冬、マットに叩きつけられ続ける豊を俺は助けることができなかった。

相手は身体の大きな教師だったとか、睨まれたら今度は、自分が標的になる恐れがあったとか、言い訳はいくつもした。だが、助けなかったという事実は変わらない。

俺が立ち上がって教師を止めれば、ほかの部員たちも後に続いたかもしれない。ほかの教師を呼びに行くことができれば、豊を助けることができたかもしれない。

それだけで彼の運命はまるで違っていたのに。

今さら、とは思わなかった。俺の中でもその問いは、何度も繰り返されていた。

――俺には豊を助けられたんじゃないか。

自分の中の問いかけならば、都合のいい答えが用意できた。ほかの部員たちも動かなかった、とか、俺は少なくとも、蹲《うずくま》った豊を保健室に連れて行こうとした、とか。だが、豊に問いかけられると、そんな言い訳はすべて無価値になる。

俺ですら、何度もそう思ったのだから、豊がそう思わなかったはずはない。

俺の何倍、何十倍もその問いは胸の中で荒れ狂っていたはずだ。

これまで口に出さなかったのは、言っても仕方がないという諦《あきら》めや、俺を傷つけまいとする優しさのせいだろう。

いくら覆《おお》い隠そうとしても、感情はかすかな裂け目を探して表面に噴き出そうとする。強く覆い隠せば隠すほど激しく。

俺が豊を気にかけて、何度も会いにいったりしたのは、自分の罪の意識を覆い隠すためだ。そして豊が俺を友達だと繰り返したのも、その疑問を押さえ付けるためだろう。

――どうして助けてくれなかったの。

そう。俺は助けられなかった。自分可愛さに、あいつを見殺しにしたようなものだった。

たった一行のメールが俺を叩きのめし、絶望させた。

そのままベッドから動けないほど深く。

返事を書こうとは思わなかった。言い訳をしても空《むな》しいだけだろうし、ごめんと謝ったところで、あいつが救われるとは思わない。

あいつには俺を恨む権利がある。表面だけの謝罪で許しを強要することが、俺にできる最善だとは思えなかった。

四日間、俺は学校を休んだ。

こんなとき、怪我はちょうどいい言い訳だった。十針も縫ったと言えば、同級生たちも納得したし、部活に出て行く必要もない。

本当はなにもかもがいやになっていたのだ。ベッドから起き上がって近くのコンビニに行くことすら億劫《おっくう》だった。

面倒くさくて食事もほとんどとらなかった。

村上から電話があったのは、四日目の夕方だった。

「傷の具合はどうだ?」

電話を取ると、真っ先にそう聞かれた。

「経過は良好です。大したことないですよ」

それは本当だ。ただし、落車の傷に関しては、だが。

「そりゃあよかった。でもそろそろローラー台くらいは乗った方がいいぞ。まったく運動しないと筋肉が落ちる」

「スパルタですね」

「櫻井はもう乗ってるぞ」

それを聞いてさすがに驚いた。手首と肋骨の骨折ならば、俺よりも重傷なのに。

俺は頭を手で押さえた。

「わかりました。明日行きます」

「それはそうと、おまえ、青山幸夜っていう女の子知ってるか？　自転車部のサイトにメール送ってきたんだが」

「はい、知ってます。友達の彼女です」

「なんだ。それ聞いて安心した。うちの男前エースにストーカーみたいなファンがついたのかと思った」

俺は携帯を耳に当てたまま苦笑した。

「そんなんじゃないですよ」

「なんか、おまえから連絡欲しいって言ってメールアドレスが書いてあるんだが、転送していいか？」

なんだろう、と思う。穂積さんにメールをしなかったことだろうか。

そういえば中学のとき、男子に告白する女の子はたいてい友達連れだったな、などとどうでもいいことを思い出す。

気持ちが塞《ふさ》いでいなければ、穂積さんにメールをすること自体は少しも嫌ではない。こんなにつらいことが重なっていなければ喜んでメールしただろう。

だが今は正直きつい。

「いいですよ。なにか用があるのかはわからないですけど」

すぐにメールが転送されてきた。

気が乗らないまま、それを開いて、おや、と思った。

なんとなくメールに切迫した空気を感じた。

「いきなりこんな形で連絡してごめんなさい。でも、ほかに方法がわからなくて……。お知らせしたいことがあるのでメールか電話いただけますか？」

その下にメールアドレスと携帯電話の番号が書いてある。

大した用事もなく、こんなふうに電話番号を教えるものだろうか。男同士ならともかく、女の子はガードが固い。

嫌な予感がした。俺はあえて、メールではなく電話をかけた。

「はい」

青山さんらしき声が電話に出る。俺は緊張しながら話した。

「岸田です。メール読みました」

「あ、正樹くん、よかった！」

声がすがるような響きを帯びる。俺は汗で濡れた掌《てのひら》をジーンズの膝《ひざ》で拭《ぬぐ》った。

「なにかあったの？」

電話の向こうの声がかすかに口ごもった。かすれた声が言う。

「豊くんが自殺未遂を……。命は取り留めたんだけど……」

頭の中が空洞になった気がした。そこに彼女の声だけが響く。

「いったいどうして……」

「わたしのせいかもしれない。彼が喜ぶと思って、正樹くんの写真を送ったの。友達と一緒に観戦しにきましたってメールに書いて……」

豊には、その「友達と一緒に」の文字は見えなかったのか、見えてもどうでもいいことに思えたのかもしれない。

青山さんが俺に惹《ひ》かれていると思ったのだろうか。

自分を見捨てた男に、恋人が惹かれていく。だから、ずっと抑えていたことばを吐き出したのかもしれない。

――どうして助けてくれなかったの。
彼の落ちていく深みが見えるような気がした。

10

結局、俺は豊を見舞うことはできなかった。

あのメールさえなければ、すぐに駆けつけただろう。だが、一通のメールが確実に俺たちの間に溝を刻んだ。

いや、溝はもともとあって、それに気づかないふりを俺がしていただけなのだろう。溝の存在を自覚して黙っていた豊と、見て見ぬふりをしながら優しい友達のつもりでいた俺。自分の愚かしさに吐き気がする。

豊は四日前、風呂場《ふろば》で手首を切った。たぶん俺にメールを送ったすぐ後だ。そんなやり方で本当に死ぬのは難しい。父親が気づいて病院に運ばれ、今はもう自宅に帰っているという。

誰にも会いたくないということで、青山さんでさえ、まだ彼に会えていないらしい。

そんな中、俺が会いに行っても受け入れてくれるはずはない。

ただ、メールは書いた。

「中二のときのことは、本当にごめん」

それを伝えたからといって、豊からの許しを求めているわけではない。ただ、なにも言わずにいることが苦しくて、衝動的に打っただけだ。

豊からの返事はなかった。


その夜から、俺の眠りは浅くなった。

ベッドに横たわると、息が詰まるような気がするのだ。そして、豊のことと入り交じるようにして、この前のレースのことを思い出す。

折り重なるように倒れる選手と自転車。俺も誰かにぶつかって、そして弾《はじ》き飛ばされた。

怪我《けが》をしたのは俺や櫻井だけではないだろう。

ひとつ間違えば豊のように、取り返しのつかない事故になったかもしれない。

グリスと血の匂《にお》い。倒れた選手のうめき声が繰り返し甦《よみがえ》る。

反対に、これまで走っていたときの高揚がどうやっても思い出せないのだ。

俺はいったいなにをしていたのだろう。

もう二度と、他人を傷つける可能性のあるスポーツはしないつもりだった。なのに、結局楽しさだとか勝つ喜びに気持ちが昂《たか》ぶって、俺はその誓いを忘れていた。

結局は、俺にとって豊の事故などその程度のものだったのだ。

フランスに行ったときだってそうだった。もう二度と柔道などしたくないと思ったのに、ほかに学校に溶け込む方法が見つからないと気づけば、俺はあっさりその気持ちを捨てた。

フランスの柔道は管理されているから事故は少ない、と自分に言い訳をして。

自転車に乗るのは確かに楽しかった。

だが、一方で思うのだ。結局、俺は自分の自意識を満足させるために自転車に乗っていたのではないかと。

小さな自転車部だが、最初から自分がそこそこ強く、自転車に向いていることはわかった。普通ならば、後輩としていちばん小さくなっていなければならないはずなのに、あっという間に隈田も堀田も追い抜くことができたことが、気持ちよかった。レースに出るたびに、考えていた以上の成績を挙げられることが、俺のモチベーションだった。

もし、最初からうまくいかずに、叩《たた》きのめされて苦しんでも、俺はこのスポーツに夢中になっただろうか。このスポーツを愛することができただろうか。

櫻井ならば、その質問には「当然だ」と答えるかもしれない。喘息《ぜんそく》を抱えながら競技を続け、肋骨《ろっこつ》と手首が折れてももう一度、自転車に跨《また が》る男ならば。

俺は、村上の事故の責任を取るためにこの競技をはじめ、そのあとも勝利という甘い蜜《みつ》を与えられることのみで、自分のモチベーションを高めていた。子供が、ご褒美《ほうび》を与えられて勉強するのとなにも変わらない。

玄関に置いてある自転車を見るたびに、胃が締め付けられるような気がした。少し前まで、自分の身体《からだ》の一部でもあるように思っていたのに、今はもう凶器のようにしか見えないのだ。

自転車は唐突に俺の世界に飛び込んできた。だからこんなふうに、唐突に情熱が失《う》せてしまうのは、むしろ当然のような気がした。

結局、俺が再び自転車部に行ったのは、その五日後だった。

何度か、村上から電話やメールがあったが、風邪を引いたと言ってごまかした。村上も怪しんでいるようだったが、それ以上追及してこようとしなかった。

ひさしぶりにドアを開けると、部室は思っていたより小さく見えた。毎日通っていたときには気づかなかった、饐《す》えたような匂いもした。

まだ誰もきていない。俺はぼんやりと、ドアのところに立ったまま、中を眺めた。

どうするかはすでに決めたはずなのに、ふいに気持ちが揺らいだ。

七ヶ月の間、熱に浮かされたように自転車ロードレースに打ち込んできた。おかげで大学の成績は散々だ。たぶん、一年生のときから単位をいくつか落とすことになるだろう。

たかがスポーツだ。もちろん、その熱狂も楽しさも知っている。だが、そのために自分の人生を棒に振ってもいいとは思わない。そして、一緒に走るほかの選手の人生も。

事故も、手の施しようのない怪我ももうまっぴらだった。豊の事故だけでも、一生抱え込むのには充分すぎる痛みだ。

ふいに肩を叩かれて、俺は勢いよく振り返った。

村上だった。大きな革のトートバッグを肩にかけ直し、立ち尽くしている俺の横から部室に入る。

「どうした。ひさしぶりだな。心配したぞ」

「すみません。ご迷惑をおかけしました」

「いや、それはいいけど怪我の方はいいのか？」

「それは大丈夫です」

傷はすでに、わずかな引き攣《つ》れを感じるだけになっている。

「そうか。そう聞いて安心したぞ」

曇りのない笑顔でそう言う村上を見て、一瞬胸が痛んだ。

こういうことは早く言った方がいい。俺は苦い薬を飲むように、感覚を閉じ込めた。

そして言う。

「すみません。俺、やっぱりもう部活やめます」

村上は小さく口を開けた。どう反応していいのかわからないように見えた。

彼がなにか言う前に、俺は話し続ける。

「自転車に乗ることは楽しかったし、誘ってもらえてよかったと思ってます。いい経験ができました。でも、あんな集団落車はやっぱり怖いです。櫻井さんなんか手首と肋骨を骨折したと言ってたし……やっぱり危険なスポーツだなと思いました」

「それはそうだが……でも……」

「前期の成績もひどいものだったし、たぶん後期もこのままだったら前期より悪くなるし、このあたりでちゃんと勉強したいんです」

やめたい理由なんて、考えなくてもすらすらと口から出た。

結局、なにかをやめてしまうなんて簡単なことなのだ。少しの勇気さえあれば、手を離してしまえばいい。理屈など後からついてくる。

村上は少しも納得していないようだった。

「だけど、もったいないと思わないのか」

「なにがですか？」

「一年でインカレ、個人優勝できる力があるのに……」

俺は苦笑した。もし、俺が大学野球でトップに立つ実力があるのなら、確かにやめてしまうのはもったいない。プロになって高額の年俸を稼ぐ可能性もあるし、社会人野球の選手になることもできる。

だが、自転車ロードレースの選手では、それほど稼げそうにない。

ヨーロッパのトッププロならば稼ぐだろうけれど、あまりにもレベルが違いすぎる。

俺がそこに辿《たど》り着ける確率など、ゼロに等しい。

結局、この競技を続ける理由なんて、情熱以外にはなく、そして俺にはもうその情熱がない。

「誰かを怪我させて、一生それを悔やんで生きるのはいやなんです」

もちろん、普通に生きてたって他人《ひと》を傷つける確率はゼロではない。だが、なるべく傷つけない道を選ぶことはできる。

「だけど……」

「ええやないですか。やめさせたげたら」

ふいに、少し高い関西弁が聞こえた。櫻井がドアにもたれていた。

いつから聞いていたのだろう。まったく気配に気づかなかった。

櫻井には申し訳ないと思う。兄の形見であるフレームをくれたのに、俺はそれを乗りこなすことができなかった。

「やめたい言う奴《やつ》を、引き留めたって仕方ないでしょう」

櫻井は中に入り、畳の上に鞄《かばん》を投げ出した。

「スポンサーは下りるやろうけど、今までくれたものを返せとまでは言わんやろ。いや、言うかな？」

櫻井はそう言って、畳に座った。

「まあ、そのときは返せるものは返したらええし」

「すみません……」

「謝ることなんかない。どうせ、おまえがおらへんかったら大したスポンサーもついてなかったんやんし」

自嘲《じちょう》気味にそう言って携帯電話を弄《いじ》る。

「ええんちゃう。おまえの好きにせえや」

「櫻井」

責めるように名を呼んだ村上を、櫻井は睨《にら》み付けた。

「やる気のない奴を、無理に続けさせて、部長はどうしたいんですか？」

「だが、おまえもまだしばらくは走れないし、次のレースに、もううちはエントリーしている」

はっとした。櫻井が全治二ヶ月だったことをやっと思い出した。

「走れますよ。足を折ったわけじゃない。手首くらいならなんとかなる」

「でもベストの状態じゃない」

「それなりにベストは尽くしますよ。たとえ体調が最高でも勝てないときは勝てないんだから同じです」

きっぱりとそう言う。息が詰まるような気がした。

村上はためいきをつくと、もう一度俺を見た。

「いいんだな」

俺は息を吐いた。どこか胸苦しいのはただの感傷だ。

間違った選択をしていたとわかってさえも、引き返すのには勇気がいる。

「今までお世話になりました」

俺がそう言うと、村上は苦しげな顔をした。

櫻井は頭すら上げず、携帯を弄り続けていた。


喪失感などすでに何度も経験している。

最初は戸惑っていても、すぐに慣れてそれが当たり前になるのだ。

競技をやめても、自転車に乗れなくなるわけではない。風に乗る快感も、坂を登る達成感もひとりで味わうことはできる。すべてを失うわけではない。

ただ、もう誰かの血の匂いは嗅《か》ぎたくないのだ。

自分のことならば、自分が選んだことだと割り切れる。だが、他人を傷つけるかもしれない予感には耐えられそうもない。

これまでが、ただ麻痺《まひ》していただけなのだ。

その夜、俺は自転車に乗って、櫻井のアパートのそばまで向かった。フレームをもらっているだけに、それについてなにも言わないでいることは心苦しい。幸い、櫻井は無理に俺を引き留めたいと思っているようではなかったし、会っても気まずいことはないだろう。

アパートのそばにきて、電話をかける。不機嫌そうな声が電話に出た。

「なんや」

「すみません。今近くまできてるんですけど、ちょっとお話しできませんか」

電話の向こうで櫻井がくすりと笑った。

「ええけど。じゃあ、下りていくわ」

アパートの前で待っていると、櫻井が階段を下りてきた。だぶついたカーゴパンツに、袖《そで》の長いTシャツ。缶ビールを二本手に持っている。

俺の前までくると、缶ビールを差し出す。俺は少し迷ってから、それを受け取った。

飲酒運転は自転車でも禁止されているが、大した距離ではないし、帰りは押して帰ればいい。それに話によっては、自転車をここに置いて帰ることになるかもしれない。

櫻井がしゃがんでビールのプルタブを開ける。俺はさすがにしゃがむのには抵抗があるから立ったまま、彼の隣に並んだ。

「なんか、いろいろすみません……」

どう切り出していいのかわからずにそう言うと、櫻井は鼻から息を抜いた。

「ええよ。別に俺には関係あらへんし」

だが、結局、自転車部を掻《か》き回すことになってしまった。櫻井があまり内に抱え込むタイプではないとはいえ、村上と櫻井の関係も、これまでとは変わってくるだろう。

櫻井はそのまま黙ってビールを飲んでいる。俺もなかなか本題が切り出せないまま、かかとで地面をひっかいた。

「すみません。このフレームですけど、やっぱりお返しします」

「いらん」

即答だった。俺の顔を見ようともしない。

「おまえにやったんやから。おまえの好きにせえや。売るなと捨てるなと」

「でも大事なフレームなんですよね」

「別に。俺にはサイズが合わへんし、始末に困ってただけや。返されても困る」

サイズが合わないのは事実だとしても、櫻井はそれを売ろうとはせずにずっと持っていた。大切にしていなかったはずはない。

「お兄さんの形見なんじゃないですか？」

そう言うと、彼はきっと俺を睨んだ。

「誰から聞いた」

「お兄さんのだというのは、いただいたときに聞きました。そのあと、部長からお兄さんが亡《な》くなったって……」

櫻井は小さく舌打ちをした。前髪を掻き回す。

「ちょっとだけでも話すもんやないな。すぐに伝わる」

「すみません」

思わずまた謝ってしまう。それがおかしかったのか、櫻井はまた少し笑った。

「まあ、悪いのは俺や。ええねん。別に兄貴が残したのはそれだけやないし、それにちょっと重かった。俺は乗られへんし、かといって売って変な奴に乗られるのも嫌やし」

ずきりと胸が痛んだ。少なくとも櫻井は、俺だからこのフレームをくれたのだ。

「おまえにやって、なんかほっとした。だからおまえが好きなようにしたらええ」

そう言われてしまうと、返すことはできない。安堵《あんど》したような、それでいてやっかいなような不思議な気分になる。

この自転車に愛着があるのは確かだが、手放してしまえばそれはそれで爽快《そうかい》な気分になるような気がしていた。

たぶんその感覚は櫻井の感じていた重さと似ているのだろう。

「なあ、もう自転車にも乗らんのか？」

そう言われて返事に困る。

「まだわからないです」

今はまだ乗ることを楽しめそうにない。だが、いちいちバスを待って動くのも面倒だし、今さらあの重いトモスに乗る気にはなれない。結局、ここにくるのも俺は自転車を使っている。

七ヶ月の間に、俺の身体は自転車に馴染《なじ》んでいた。今はもう歩くよりも自転車に乗る方が楽だ。

櫻井はビールをもう一口飲んだ。

「別にええけどさ。なんで辞めるんや」

それは昼間に話したはずだ。

「怪我をして怖くなったんです。あと、落車を目の前で見たことも」

「嘘《うそ》つけ」

そう言われて俺は驚いた。嘘をついているつもりはない。

「なんで嘘だと思うんですか」

「最初から、おまえは事故を見てるやないか」

返事ができない。櫻井の言うとおりだ。しかも村上の怪我は今の俺や櫻井よりもずっと重かった。

たしかにあのときは、怖いとは思わなかった。たぶん、なにも気づいていなかったのだ。

「それに、この前、自分が車に撥《は》ねられそうになったときも、平気やったやろ。なのに、なんで急に怖くなった？」

そう言われても答えられない。言い訳を探すのが面倒になって言った。

「わかってなかったんですよ。なんにも」

櫻井は口を閉じた。組んだ指の上に顎《あご》をのせる。

「そんなもん、最初からわかってる。怪我するかもしれないことも、死ぬかもしれないことも」

櫻井はそう言うけれど、豊のような運命を目にしても、同じことが言えるのだろうか。人は壊れる。想像以上に簡単に。

「やめるんやったらやめたらええ。どうせ、その程度やったってことやろ」

そう言われた瞬間、かすかに怒りのようなものが生まれた。櫻井になにがわかると言うのだ。

櫻井は下を向いたまま話し続ける。

「おまえが、インカレで勝ったとき、悔しかった。なんで俺でなくておまえなんやと思った。おまえなんか、別に乗りたくて自転車に乗り始めたわけでもないのに。簡単に、俺が行こうとして行けないところまで行きやがって……」

はっとした。ヒルクライムで勝負をしたとき、櫻井は確かにそう言った。

——なんで、おまえなんや……。

「でも、これでわかったわ。おまえは、簡単に到達できるけど、ただそれだけの選手やったんやな。これでもう、自分が不甲斐《ふがい》なくて腹立つこともないわ」

櫻井は立ち上がって、伸びをした。

たとえ、本当のことであっても、その程度と言われるのは腹が立った。俺は唇を噛《か》んだ。

「俺、知ってます。人間って簡単に壊れてしまうんですよね」

多くの人がそのことに鈍感だ。数日前までの俺も含めて。

櫻井はこちらを見ずに言った。

「知ってる。俺の兄貴は自転車の事故で死んだからな」

俺は驚いて顔を上げた。櫻井は地面に置いたビールの缶を拾い上げて、こちらを見る。

はじめて見るような冷ややかな顔だった。

「だから、俺は走ってる。おまえにはわからへんやろうけど」

「え……？」

「フレームのことは、ほんまに気にせんでええ。もうおまえのもんやから」

そう言うと、櫻井は俺の手から空になったビールの缶を取り上げた。

「じゃあ、お休み。またやる気出たら、戻ってきたらええわ」

櫻井のことばが耳に焼き付いて離れない。

──俺の兄貴は自転車の事故で死んだからな。

――だから、俺は走ってる。おまえにはわからへんやろうけど。

このふたつのことばが俺の中では繋《つな》がらない。

街灯の少ない田んぼ脇《わき》を自転車を押して歩きながら、櫻井のことばを反芻《はんすう》する。

なにが櫻井を駆り立てているのだろう。それが今知りたくてたまらない。

だが、尋ねても彼は教えてくれないような気がした。

知るためには、一緒に走るしかないのだろうか。


帰宅し、自転車を玄関に入れ終わったとき、胸ポケットに入れた携帯電話が震えた。

バイブはすぐに止まったからメールだ。水を一杯飲んでから、携帯を広げた。

メールは青山さんだった。

「明日、豊くんに会うことになりました。誤解があるのなら解いてこようと思います」

少しだけほっとした。

俺と豊の人生はもう交わることはないとしても、なんの責任もない彼女の好意までも拒まないでいてほしい。そう思うことしか俺にはできない。

「なにか伝言はありますか？」

そう書いてあったから返信を打った。

「ぼくからもメールをしたからもういいよ」

返信はなかったが、メールを拒否されたわけでもない。

唯一《ゆいいつ》伝えたいことは、「もう馬鹿《ばか》なことはするな」というひとことだが、それは俺でなくてもほかの人たちが伝えるだろう。

彼女や、豊の両親が。

俺はもう彼に会うつもりはなかった。

たとえ彼が俺を許したとしても、俺は許されたことに居心地の悪さしか感じないだろうし、彼が許さなければ、俺が会うことは許しを強要することだ。

ただ忘れない。忘れることはできない。

そんなことは彼にとってなんの救いにもならないのだとしても。


二週間後の月曜のことだった。二時限目の授業を終えて、一般教養の校舎から出て行くと、校舎の前の植え込みに座っている人間がいた。

「正樹」

名前を呼ばれて気づく。村上だった。帽子を深くかぶっているから気づかなかった。

「どうしたんですか？　部長」

三年生にもなれば、一般教養の教室には用はないはずだ。

村上は俺と並んで歩き始めた。

「これから昼飯だろ。誰かと約束してるか？」

「いえ、ひとりです」

「じゃあ、一緒に食おう」

売店でパンでも買おうと思っていたが、村上は学生食堂の方に歩いて行った。断る理由も見つからず、村上の後を追った。

昼休みだから食堂には行列ができていた。その後ろに並ぶ。

「自転車には乗ってるか？」

そう聞かれて俺は頷《うなず》いた。

「普通には……」

俺の借りている部屋は学校から歩いて三十分ほどかかる。バスはあるが、毎朝満員のバスに乗ることを思えば、自転車の方がずっと快適だ。バイト先も、歩くには不便な距離だからつい自転車に乗ってしまう。

自転車部をやめても、毎日のように自転車に乗る生活は変わらない。もっとも、練習で何十キロも乗るのとはまったく違う。

列はすぐに進んで、村上は棚に並んだ日替わりランチを選んだ。俺はきつねうどんを注文して少し待つ。

ざわつく食堂で空いている席を探して座った。

「どうしたんですか？」

まさか、ただ飯を一緒に食うためだけに俺を待っていたわけでもあるまい。

たぶん、自転車部をやめるなと言われるのだと思った。それをどこか期待している自分もいた。

正直、走りたいという気持ちはまだない。だが自分が求められている人間だと、どこかで信じたいのだ。

「早く食わないと、うどんがのびるぞ」

そう言われてしかたなく、俺は箸《はし》を手に取った。村上もランチのメンチカツを食べ始めている。

「櫻井さんの怪我はいかがですか？」

沈黙に耐えかねてそう尋ねると、村上は軽く首をかしげた。

「もう自転車に乗ってるからなあ。あいつはなんにも言わないし、しつこく聞くとキレるから、よくわからないよ。痛くないはずはないと思うがな」

ずきりと胸が痛んだ。怪我をしようが、痛かろうが、櫻井は走る。それが俺とのどうしようもなく大きな違いだ。

村上は箸でサラダのマカロニを突き刺した。

「つーか、おまえさ。約束は守れよ」

「約束？」

いきなり言われたことばに戸惑う。

「最初に約束しただろう。一年間、自転車部で走ってくれって」

はっとした。そのあと、あまりに夢中になりすぎて忘れていた。

「まだ一年経《た》ってないぞ。約束の期間が終われば、おまえの好きにすればいい。でもそれまでは自転車部にいろ」

「でも、もうシーズンも終わりでしょう」

もう少しすれば冬休みで、それが終われば二週間ほど授業があるだけで、すぐに後期のテスト、その後春休みだ。走る期間はそれほどない。

「それでも二月まで一ヶ月にひとつずつレースはある。もうエントリーも済ませている」

あと三ヶ月、三回のレース。短いのか長いのか、よくわからなかった。

「櫻井さんも本調子じゃないのに……」

「それでもあいつは走る気になってるよ」

そう言われて俺は黙った。

ただでさえ、新光大の自転車部は人数が少ない。村上はまだ競技に出られる状態ではないし、隈田は戦力としては少々頼りない。

櫻井は、ほぼひとりで戦うようなものだ。今なら俺にもわかる。ロードレースはひとりでは戦えない。

「来年になれば、新入部員も入ってくると信じている。おまえのおかげで今年の成績がよかったからな」

褒められているのか、嫌味を言われているのかわからない。俺は苦笑した。

「おまえがでかい図体《ずうたい》の割に神経質なのはよくわかったよ。だが、俺の怪我の原因になったんだから、約束くらいは守ってくれてもいいんじゃないのか。新入部員は五月のレースには出さない。だからおまえは五月までいろ」

たぶん、やめると切り出したときにそう言われたら、俺は突っぱねただろう。時間をおいたからこそ、素直に聞けることもある。

それをわかっていたとしたら、村上もなかなかの策士だ。

「わかりました。じゃあ五月まで」

そう言うと、村上は満足そうに頷いた。

結局、すべては振り出しに戻ったというわけだ。


ひとつ気になっていることがある。

お台場のクリテリウムの会場で、自転車雑誌のライターが櫻井に話しかけてきたことがあった。

――きみ、あのミノワサイクルの櫻井選手とは関係あるの？

あのとき、櫻井は知らないと答えたし、俺も櫻井の言うとおり、ライターが人違いをしたのだと思った。あれは本当に人違いだったのだろうか。

パソコンに向かって検索サイトにアクセスする。

ミノワサイクル、櫻井、と入れると、すぐに検索結果が表示された。ウィキペディアにも記述があるようだったので、まずはそこをクリックする。

「櫻井康紀」という名前、大阪出身、そして享年《きょうねん》二十四歳という文字を見て確信する。

たぶんこれが櫻井の兄だ。

国内有数の自転車チームに所属し、しかもタイムトライアルの日本チャンピオンになったこともある。中国の国際レースで優勝したこともあるらしい。

最後にはこう締めくくられていた。

「練習中の事故で死去」

日付は四年前の春だった。櫻井とは年が離れているから、兄弟と気づかれることはなかったのかもしれない。画像を探してみると、少し櫻井と似た細面の男がいくつも引っかかってきた。

櫻井と違い、表情は柔和だ。カメラを睨み付けるくせがある櫻井は、いつも怖い顔で写真に写っているが、櫻井康紀の写真はどれも優しげな笑顔だった。

身体ががっしりしているところも、少し違う。

ウィキペディアには、身長と体重も載っていた。百八十五センチという身長を見て、また確信が深まる。この身長ならば、フレームのサイズも俺と一緒だろう。

俺はもう一度写真を見た。

一度も会ったことがなく、存在すら知らなかった選手だった。

だが、櫻井はこの男に突き動かされて走り、俺は彼が残したフレームに跨っている。

彼のことをもっと知りたいと思った。


部室に行くと、隈田はきょとんとした顔で言った。

「あれ、戻ってきたの？」

「五月までです」

遅れてきた櫻井は、俺の顔を見ると鼻で笑った。

「思ってたより、早かったな」

戻ると思われていたのだろうか。だとしたら、彼の思い通りになってしまったことが少し悔しい。

「まあ、戻ってきてくれて助かったわ。おまえ、なんのかんの言っても使えるし」

「五月までのつもりです」

念のため、そう言ったのに、櫻井は聞こえないふりをした。

気持ちが吹っ切れたわけでも、モチベーションが戻ったわけでもない。まだ自分の中でなんの答えも出ていない。

ほかの選手を傷つけてしまうかもしれないと思えば、まだ身体は震える。

だが、櫻井がなぜ走るのかが知りたかった。

「言っとくけど、すぐにやめるような奴はアシストやからな」

そう言われて、俺は頷いた。

もとよりエースとして走る気持ちは持っていない。ただ俺も、へこたれてくたびれてやめることを決意したわけではない。

残りのレースを、櫻井のアシストとして走る。それは四月、最初に自転車部に入ったときからの約束で、俺はそれを守りに戻ってきただけだ。

ひさしぶりにジャージとレーサーパンツに着替えると、身体が震えるような気がした。

春から夏にかけて着ていたのとは違う、スポンサーが作ってくれた新素材のジャージはぴったりと皮膚に貼《は》り付いても不快感はない。適度に締め付けられる筋肉が、早く走り出したいと訴え始める。

ソックスとビンディングシューズを履いて、サングラスとヘルメットを付ける。防寒のためのアームウォーマーとレッグウォーマーも装着する。

見れば、村上もサイクルジャージに着替えている。

「村上さんも走るんですか？」

「まだ俺はローラー台だよ」

俺がいないうちに、村上も前に進み始めている。

櫻井が舌打ちをするように言った。

「来年になったら、煙たい部長も引退かと思ってたのに、まだ走るって言うしな」

「当たり前だ。今年一年、棒に振ったんだから、来年は思い切り走ってやる。正樹ほど走れるやつが新入部員で入ってくるなら別だけどな」

「この人、就活もしてへんねんで、どうするつもりや」

櫻井のことばに、村上は胸を張った。

「なんとかするさ」

櫻井が、就活などということを気にするのが少しおかしいと思った。

「櫻井さんだって、来年は就活をはじめないといけないんでしょう」

そう言うと櫻井は軽く肩をすくめた。

「するよ。もうしてるし」

「え？」

大げさに驚いてしまう。櫻井は続けてこう言った。

「日本のプロチームに行ければええんやけど、どこかに出ることも考えてる」

そういえば、村上は櫻井がプロ志望だと言っていた。

「どこかってどこですか？」

「どこでもええ。もちろんヨーロッパがいちばんええけど、アジアのチームも今はかなり強くなってる。走れるんやったらどこにでも行く」

走れるのならどこにでも行く。

見境がない、とも表現できるほどの強いことばだった。俺ならば、もっと慎重にいろいろ考える。だが、櫻井は走ることしか考えていない。

もともと性格は全然違うから、櫻井のようになりたいとは考えないし、自分がなれるとも思わない。

ただ、少しだけ彼が羨《うらや》ましいと思った。

これまでだって、自転車には乗っていたのに、練習として走ると、筋肉がさび付いているのがわかる。油の切れた機械のように、身体は思うようにあたたまらず、動かない。

たった数週間、手をかけなかっただけでこんなに変わるのだろうか。

あれほどスムーズに動いていた足が、なにかに引っかかったように重いし、関節も軋《きし》むようだ。

だが、その軋んだ身体を動かすのは、少しも不快ではない。むしろ隅々まで血が通うような気がする。

隊列を組んで走るのもひさしぶりだ。先頭に行けばペダルが重くなり、反対に後方では軽くなる。その繰り返しで、筋肉が目覚めていく。

戻ろうと思えば戻れる。そう思うと息苦しくなる。

戻りたいと思う気持ちがないわけではない。だが、戻っても結局同じ胸の痛みに苛《さいな》まれることはわかっている。

過去は足枷《あしかせ》のように俺にまとわりついて、簡単に振り切ることなどできない。

そんなことは不可能だとわかっているからこそ、考える。記憶を洗い流すことができれば、どんなにいいだろう、と。

櫻井と隈田は連れだって帰って行った。

相変わらず仲がいい。性格が全然違うのに、よくうまくやっていけると思う。

隈田は櫻井の扱いをよくわかっている。この前のレースのとき、喘息のことも、心配しすぎるとキレるから、あえて言わないと話していたことを思い出す。

でもその結果、隈田にすら助けを求めないようになれば、よけい事態は悪化する。

部室には、俺と村上だけが残った。

村上は膝《ひざ》のサポーターを外して、曲げ伸ばしを繰り返している。まだリハビリの途中だと聞いた。自転車はむしろ、膝にかかる負担が少ないから、いいリハビリになるのだと。

俺は思いきって切り出した。

「村上さん、知ってますか。櫻井さんが喘息だってこと」

村上は靴下を脱ぎながらこちらを向いた。

「おう、確か前に聞いた。子供のころはけっこうひどかったんだってな」

知っているのか、とほっとしたが、すぐに思い出す。「元紀は部長に知られるのは嫌がる」と、隈田が言っていた。

「今でも発作をときどき起こしてることも知ってますか？」

村上は小さく口を開けた。

「それ、本当か？」

「本当です。俺、櫻井さんを救急病院に連れて行ったこともありますから」

村上の顔が険しくなった。

「隈田さんも知ってますし、この前も発作を起こしたって言ってました。櫻井さんは村上さんに知られるのを嫌がってたようですが」

櫻井への嫌がらせで、村上に告げるわけではない。

こんな情報は絶対に共有した方がいい。前は、櫻井が怒ることが怖くて言えなかったが、どうせあと半年しかいないのだ。嫌われても怒られてもかまわない。

「わかった。すまん。教えてくれて助かった」

喘息の気があることは知っていたようだが、そこまでひどいということは、やはり村上は知らなかった。

「おまえに聞いたということは櫻井には黙っておくし、俺からも直接はなんにも言わないようにするよ」

だが知っているのと知らないのとではまったく違う。俺も頷いた。

「その方がいいと思います」

十二月のレースは埼玉でのクリテリウムだった。

冬の間、二月まで同じ会場でのレースが続く。そして今年のシーズンが終わる。

そして、俺の競技生活ももうすぐ終わる。

自分がもっと簡単に、過去の痛みを乗り越えていける人間だったらいいのに。俺は何度もそう考えた。

金成体育大の森脇からは、一度メールをもらった。

「新光大の自転車部やめたって本当か？」

村上や櫻井がべらべら喋《しゃべ》るようなタイプだとは思えないが、情報はあっという間に広がる。それだけ俺に注目する人間も多くなっていたということだろう。

ただの一年坊主《ぼうず》ならば、やめようが続けようが誰も気にしない。

俺はこう返事をした。

「やめてないよ。まだ自転車部にいるよ」

嘘ではない。期間限定であることは、もともと決まっていたことだし、櫻井のアシストに徹することにしたこともわざわざライバル校に伝える必要はない。

マークしなければならない選手が増えれば、ライバル校もやりにくくなる。

「それを聞いてほっとしたよ。おまえがやめるはずはないと思っていた」

すぐに返事がきて、俺は思う。

豊の事件を知っているはずの森脇とも、痛みや苦しみを共有することはできないのだと。

それでも俺はどこかでまだ自転車競技を愛している。

ならば、最後まで自分のやるべきことをやるしかないのだ。

11

助手席に座り、窓の外を眺めながら考える。

六月に最初のレースに出てから、一年。何度こうやって、車でレース会場に向かったただろう。

それほど多くはない。俺が走ったレースは十にも満たない。なのに、窓から眺める景色はそのたびに表情を変えた。ただやみくもに走っていたのに、焦《あせ》りと不安と高揚はレースのたびに割合を変え、俺を突き動かした。

今となっては熱病のようにしか思えない。景色はこれまでとはまるで違って見える。焦りも不安も高揚もなかった。風のない場所にいるように気持ちは穏やかだった。これが最後のレースだというのに。

だがやるべきことはわかっている。不思議なことに、レースへのモチベーションはなにも変わっていない。

自分が勝つことだけが目標ならば、こんなふうには考えられないだろう。チームの駒《こま》となり、櫻井を勝たせるという目標があるからこそ、競技を続ける気持ちはなくなっても走れる。

エースである櫻井は、後部座席に沈み込むようにして黙りこくっている。

静かだが、ときどき助手席の背中を蹴《け》られるから、落ち着いているとは言いがたい。

だが、彼のこんな苛立《いらだ》ちも、自分の精神状態が変わってしまえば違って見えてくる。

勝ちたい、勝たなければと思うから苛立つのだ。

勝利への渇望《かつぼう》さえなければ、焦ることも苛立つこともない。

俺と櫻井の間には、超えようのない深い溝がある。

櫻井が「前日に試走したい」と言い張ったため、俺たちは前日から会場近辺のホテルに宿泊することにした。

ホテルの部屋に荷物を置き、サイクルジャージに着替える。

櫻井の左手首にはテーピングがしっかりと巻かれている。焼けた皮膚と対照的な白が、ひどく痛々しい。

十一月の骨折のせいで痛めやすくなったのだろう。レースの前にはテーピングを欠かさない。

俺の視線に気づいたのか、櫻井がちらりとこちらを見た。

「なんや」

「手首、大丈夫ですか？」

「平気や。もうなんともあれへん」

実際、一緒に練習していればわかる。櫻井はあきらかに左手をかばっている。痛みがまったくないとは思えない。

なにもなければいいが、この間のように落車に巻き込まれて、また同じ場所を骨折してしまうようなことになりはしないかと、急に不安になる。

「少し痛いくらいでいちいち休んでいられへん」

やはり痛むのだ。プロは仕事だから仕方がない。だが、俺たちはそうではない。そう言いたかったが、たぶん櫻井には通じないと思ったから黙っていた。

櫻井は俺の全身をゆっくりと睨《ね》め付けた。

「なんか文句あるんか？」

こういうところは本当に柄が悪い。慣れたし、俺は図体《ずうたい》がでかいから怖いとまでは思わないが、扱いには困る。

「文句はないですけど、心配しているんです。無理しないでください」

そう言うと、櫻井は舌打ちをした。

「じゃあ、おまえがエースとして走るんか」

一瞬、息を呑《の》んだ。

そんなことは考えもしなかった。俺はすでにやめることを決めた人間で、アシストとしてこの場にいるだけだと思っていた。

櫻井は俺の困惑した顔を見て息を吐いた。

「せやろ。おまえはどうせ、その気がない。だから俺が走る。それだけや」

櫻井は俺に背を向けると、鞄《かばん》の中に脱いだネルシャツを投げ込んだ。

「心配するな。俺かて、また怪我《けが》するのは困る。無茶はせえへん」


確かなことがひとつだけある。

俺には櫻井の見ている景色は見えないし、櫻井がなにに突き動かされて走るのかもわからない。だが、一方で櫻井にも俺の見てきたものは見えないし、俺がどうして競技をやめるのかはわからないだろう。

櫻井のように、がむしゃらに走れたらと思う気持ちもあるが、そうなるためには俺は俺であることをやめなければならない。

もしくは過去のすべてを忘れてしまうか。

そんなことはできないし、できたとしてもやりたくない。

どんなに愚かしくてもこれが俺自身だ。


夕食を終えたあたりから、目に見えて櫻井は落ち着きをなくしはじめた。ミーティングの間もあまり自分からは喋《しゃべ》ろうとせず、下を向いて爪《つめ》を噛《か》んでいる。

俺がはじめて走った信州のレースのときと似ている。少し嫌な予感がした。

部屋に戻ると、さっさとシャワーを浴びて、ベッドに潜り込んでしまった。

単にゆっくり休息を取るためならばいい。

俺は自分のベッドに腰を下ろし、隣の布団《ふとん》のふくらみを眺めた。

眠れない予感がするから、さっさと布団に入って目を閉じるということもある。俺もテストや柔道の昇段試験のときは、いつもそうだった。そして、たいてい、そういう日はなかなか眠れないのだ。

思った通り、櫻井のベッドからは少しも寝息らしいものは聞こえてこなかった。布団のふくらみはもぞもぞと動いて、何度も寝返りを繰り返す。話でもした方が気が紛れるかと思い、何度か声をかけようとしたが、うとうとしかけたところかもしれないと考え直した。

寝付きの悪い人間にとって、寝入りばなを邪魔されることほど嫌なことはないだろう。

俺は狭い湯船に浸《つ》かって身体《からだ》をほぐし、ストレッチをした後にベッドに入った。

幸い、眠気はすぐに押し寄せてきた。櫻井のことは少し気になったが、俺が気にしたから、彼が眠れるわけでもないだろう。

足をつかまれて海の底に引きずり込まれるように、急激に眠りに落ちていく。


目が覚めると部屋は真っ暗だった。

いつもとマットレスが違う違和感から、自分がホテルにいることを思い出す。枕元《まくらもと》の携帯電話を引き寄せて時間を確認すると、午前二時だ。

十一時過ぎにはベッドに入った記憶があるから、三時間は寝たことになる。体感ではもっと眠ったような気がするから、眠りは深かったのだろう。

なにげなく隣のベッドに目をやって、布団が大きくめくれていることに気づく。ベッドには誰もいなかった。

あわてて、ベッドサイドのライトをつけた。耳を澄ますが、バスルームからも物音は聞こえてこない。

「櫻井さん、トイレですか？」

声をかけて返事がなかったのでドアを開ける。バスルームにも誰もいなかった。

眠れなくて退屈で、村上たちの部屋にでも行ったのかと考えたが、これまで一度もそんなことはなかった。眠れなくても、布団の中で目を閉じ、じっとしているのが櫻井という男だ。

窓を開けて、外を見る。ホテルの駐車場に数人の人影が見えた。言い争うような声も聞こえる。何人かの声の中に櫻井の声が聞こえた気がした。

俺はカードキーを持って部屋を飛び出した。和気藹々《わきあいあい》と会話を楽しんでいるようには思えなかった。

エレベーターを待つのがもどかしくて階段を駆け下りる。フロントには人の姿はない。スタッフは奥で休んでいるのだろう。

駐車場に出て、嫌な予感が当たっていたことを知る。怒号はあげていないが、人影は揉《も》み合ったり、ぶつかったりしている。あきらかに喧嘩《けんか》だ。

俺は大声を上げた。

「なにしてるんだ！」

暗がりにいた人間の動きが止まった。「ヤバイ」だの「逃げろ」だの口々に言った後、三人は俺と逆方向に逃げ出した。

その場に残った細いシルエットは、櫻井のものだった。俺は駆け寄った。

「なにしてるんですか！」

顔には殴られたらしき跡があり、パジャマ代わりのジャージは土で汚れていた。

櫻井は俺を見て力なく笑った。

「タイミングええな」

そんな冗談で笑う気にはなれない。

「怪我は？　手首は大丈夫ですか」

「手首はかばってたから大丈夫や」

だが、相手は三人だった。無傷だとは思えない。

「どこの大学の人間ですか」

今日、このホテルに泊まっているのはほとんどがレースに出る自転車部の学生だ。向こうから絡《から》んできたなら抗議することもできる。

櫻井は肩をすくめた。

「やめとくわ。俺もたぶん、向こうに怪我させてるし」

櫻井は俺に右手を見せた。爪には血のようなものが入り込んでいる。

俺はためいきをついた。正直、呆《あき》れ果てていた。レースの前なのに喧嘩などをする櫻井に。

俺の表情を見た櫻井はばつが悪そうに言った。

「俺が仕掛けたんちゃうで。喉《のど》渇いたから、自販機でお茶でも買おうかと思って一階に下りてきたら、あいつらに絡まれた」

櫻井から絡んだとは思っていない。

「助けを呼べばよかったでしょう。大声を出せばホテルの人間が気づくはずだ」

そう言うと櫻井は目をそらして、ホテルに向かって歩き始めた。

その背中を追いかけながら俺は続ける。

「大したことなかったからいいようなものの、相手は複数だったんでしょう。もっとひどい怪我をさせられていたかもしれないんですよ」

ホテルに入り、エレベーターに乗る。

逃げた三人が戻ってこないかと気になったが、まだ帰ってくるような様子はない。

櫻井は仏頂面《ぶっちょうづら》のまま言った。

「あんなやつらに負けへん」

そのことばを聞いた瞬間、怒りが爆発した。

「櫻井さん！」

櫻井は驚いたように俺を見た。

「正直、失望しました」

嫌われても、殴られてもいいと思った。

「櫻井さんは、この前、俺がやめると決めたことについて『どうせ、その程度やった』って言いましたよね。俺も今、そう思ってますよ。『櫻井元紀という男は、結局その程度の男だった』って」

言い終わる前にエレベーターのドアが開いた。

「正樹、おまえ声がでかい」

櫻井は困ったような顔になって声をひそめた。

俺は大股《おおまた》で先に進み、部屋のドアを開けた。

後を追いかけてきた櫻井が言う。

「その程度って、どういうことや」

だが、口調は俺が想像していたのと違った。絶対に、こちらに食ってかかってくると思っていたのに、櫻井は取り残されたような顔で俺を見上げている。

「喧嘩して、怪我をしたらレースを棒に振ることになる。それなのにちょっと挑発されたくらいでそれに乗ってしまう程度の男だってことです」

櫻井は黙りこくった。俺は、カードキーをデスクの上に投げ出した。

「この前のレースでは、櫻井さんのことをすごいと思いましたよ。俺は裂傷だけですっかり走る気がなくなってしまったのに、櫻井さんは骨折しても完走した。かなわないと思った。こんなつまらない騒動を起こす人だとは思わなかった」

いや、櫻井が喧嘩っ早いことは知っていた。よく揉めるという話は聞いていたし、実際にほかの大学の選手と喧嘩をしているところを見た。

今日揉めたのも、この前と同じ鷹島大の奴《やつ》らかもしれない。手首にテーピングがあるから、櫻井が故障していることはわかってしまう。そこにつけこまれたのかもしれない。

だが、走るか大声を出すかすれば、絶対に逃げられたはずだ。

お台場のときも呆れた。だが、そのとき以上に失望しているのは、俺の立っている場所が変わったからかもしれない。

あのときは、いつか櫻井を追い越せるかもしれないと思っていた。今はもう違う。櫻井の背中は俺にとって、ひどく遠く眩《まぶ》しい。だからこそ腹が立つ。

櫻井は言い返してはこなかった。ベッドに座り込んだまま、指を組んでいる。

マ
「俺はどうせ、もうすぐやめる人間だ。でも、競技をやめる人間が、その競技を愛してないわけじゃない。あんたに失望なんかしたくなかった。あんたがもっと強くなって、もっと広い世界で戦うのを、悔しい気持ちを抱えながら見ていたかった。やめるんじゃなかったと後悔したかった」

矛盾していることを言っている自覚はあった。だがこぼれはじめたことばは止まらない。

「あんたは自分には走る理由があると言った。あんたを駆り立てているのは、あんたにとって大事なことなんでしょう。絡まれたからと言って、挑発に乗って怪我でもして、レースを台無しにしてもいいんですか？」

こんなことを言っても、「おまえにはわからない」と言われるだけかもしれない。

だが、わからないのはお互い様だ。わからなくたって、今夜の櫻井の振るまいが大人げなく、愚かしいことだということはわかる。

櫻井は小さく口を開いた。

「せやな……」

息を吐いて、前髪を掻《か》き回す。

「おまえの言うとおりやわ。相手なんかせんといたらよかった」

そんなに素直なことばを返されると、声を荒らげたことが気恥ずかしくなる。

言い過ぎたと謝るべきかと迷っていると、櫻井はぽつりと言った。

「兄貴にな。ホイールをもらってん」

「ホイール？」

「うん。兄貴がアンダー23で活躍してて、俺は中二やったかなあ。自転車は好きやったけど、兄貴みたいにはなられへんから、本気でやるつもりはなかった。なにやっても兄貴には追いつけないと思ってた。だからというわけではないけど、あんまりガラがよくない友達とつきおうてな……。まあ、人のことは言われへんけど」

自分で言って、櫻井は自分でくすりと笑った。

「そんなとき、兄貴にヒルクライムレースに誘われた。ジュニアでも参加できるやつな。そんで一緒に走った。絶対に勝たれへんと思ってたけど、負けるのが悔しくて、必死になって引き離されへんように走った。今思うと、兄貴は手加減してたんやと思うけど、もともとヒルクライムは得意な選手やなかったし、身体も俺の方がずいぶん軽かったから、なんとかついていけた。でも、ゴールまで三キロくらいのときに、俺の前輪がパンクしてな」

櫻井は、指を組み替えてその上に顎《あご》を置いた。

「そのとき、兄貴が自分の自転車のホイールを外して、俺に渡した」

一瞬、その光景が目の前に見えた気がした。

写真でしか知らない櫻井の兄と、知るはずもない中学のときの櫻井。その姿がはっきりと再現される。

「そのとき、俺はジュニアで一番先頭にいた。アンダー23クラスの選手は兄貴の前にもいたから、兄貴が優勝できる確率は低かった。俺ならば必死になれば、優勝できる可能性があった。だから、正しい判断だ。レースが終わってから兄貴はそう言ったけどな」

俺はなにもわからなかった、と櫻井は小さくつぶやいた。

「ただ、兄貴のホイールで泣きそうになりながら走った。ここで負けたら、兄貴が負けたことになると思った。兄貴と一緒に走ってると思った」

「勝ちましたか？」

櫻井は頷《うなず》いた。

「頂上に辿《たど》り着いたときには、疲れ切ってて、自転車から下りることもできへんかったけどな」

そのまま櫻井はまた黙り込んだ。

だが、その先は聞かなくてもわかった。櫻井の兄は、練習中の事故で命を落とす。

「兄貴とレースで一緒に走ったのは、その一回だけやけど、やっぱり忘れられへんわ。ホイールもタイヤももうあのときのと違うのに、俺はまだ兄貴のホイールで走ってる気がする。いや、たぶんそうなんやと思う。あのとき勝たれへんかったら、俺は自転車競技をやることとなんかなかったはずやから」

そして櫻井はまだ思っているのだろう。自分が負けることは、兄が負けることだ、と。

「でもなあ、ちょっと重いときもあるわ」

櫻井はそう言ってかすかに口許《くちもと》を歪《ゆが》めた。

「喘息《ぜんそく》もあるしなあ。いや、だからといってロードレースをやめる気はないけど、どこまで行けるかなんか自分ではわからんわ。だから、おまえにちょっと押しつけたろうかと思ったんやけど」

「押しつけるってなにをですか？」

「兄貴の亡霊」

櫻井はさらりとそう言った。

「でもまあ、なかなかそんなわけにはいかへんわ。結局は俺の気持ちの問題やから」

どう答えていいのか迷っているうちに、櫻井が笑った。

「湿っぽい話してごめんな。顔洗ってくるわ」

立ち上がった瞬間に、櫻井は息を吸い込んで、眉《まゆ》を寄せた。

「……っ」

「どうしたんですか？」

「なんでもない……」

「嘘《うそ》でしょう。どっか痛かったんでしょう」

櫻井は叱《しか》られる前の子供のような顔をした。

「脇腹《わきばら》……でも打撲やと思うけど……」

櫻井はそれでもレースを走ると言った。勝手にしろと思う。

もし、走ることが櫻井の中で祈りに近い意味を持つのなら、たとえ骨が折れても彼は走るだろう。俺にはそれを止める権利などない。

そして思う。

俺は失ったもの、傷つけたもののために、どうやって祈ればいいのだろう。

五月だというのに、やけに寒い朝だった。吐く息まで白い。それ以上にこの筋肉の硬さはやっかいな気がする。

もちろん、ウォーミングアップもするし、走り出せば身体はあたたまるだろう。だが、コースにはアップダウンがある。真夏でも下りは身体が冷える。強風を全身に受けているのとほとんど同じ状態になる。

櫻井はやけにテンションが高く、朝食のときも隈田にじゃれついたり、顔見知りの選手に声をかけたりしていた。

たぶん空元気だと思うが、俺の知ったことではない。

村上に顔の傷について尋ねられたとき、櫻井はけろりとした顔で言った。

「転んでん」

よくもまあ、俺に口止めひとつせずにそんな嘘をつくものだと思ったが、村上が渋い顔をしていたところを見ると、嘘はばれている。

俺はもう櫻井を気にすることはやめた。

最後のレースで自分がどうやって最大限の力を出すかを考えれば、たとえエースとはいえほかの選手に気を配っている余裕などない。

朝食をたっぷり食べた後、一度部屋に戻って着替える。

なにげなく携帯をチェックした俺は、目を疑った。

豊からメールが入っていた。自然に携帯を持つ手に力が入る。

メールを開こうとして、俺は躊躇《ちゅうちょ》した。いい知らせでも悪い知らせでも、今見てしまえば心が揺さぶられる。

動揺した状態では、まともに働けるはずはない。

目を閉じて深呼吸をした後、俺は携帯の電源をオフにした。レースが終わってから読めばいい。それまでこのメールの存在は心から追い出すことにする。

気づけば櫻井がこちらを見ていた。

「どうしたんや」

「いえ、なんでもないです」

あまり他人を気にしないように見えて、動物的な勘のよさがあるから、侮《あなど》れない。

「櫻井さんこそ、脇腹はどうですか？」

「別に、なんともない」

ごまかすために反撃してみると、軽く睨《にら》まれた。

脇腹が痛まなくても、今の櫻井は、決して万全ではない。だが、それでも彼は走るのだろう。

呼吸をしたり、水を飲んだりするように。

出走時間が近づくにつれて、空は晴天に変わっていった。

気温も昨日よりずいぶん高い。ただのポタリングならば、快適に走れそうだ。

インカレなどとくらべれば、ずいぶん選手たちの顔も穏やかだ。だが、ポイントを重ねることによって、年間の総合優勝者が決まることもあり、重要な大会でないというわけではない。

今年の成績は、来年どのレースに出場できるかに大きく関わってくる。

スタート地点で、鷹島大の選手たちを見つけた。この前、お台場で櫻井が絡んでいた奴らだ。ひとりの首筋に生々しいひっかき傷を見つけて、やはり、と思った。櫻井と同じように顔に傷のある男もいる。

自転車に跨《また》がった櫻井が、かすかに眉をひそめた。どこかが痛むのか、脇腹か肋骨《ろっこつ》か。わざわざ尋ねる気はないが、表情の変化は気になる。

もっとも、このレースで勝てなかったとしてもなにかを失うわけではない。櫻井は四年になっても走り続けるかもしれない。

スタートの合図と共に、集団はのっそりと動き始めた。

下りになれば八十キロ、九十キロというスピードを出すのに、このスタートの時だけは、鈍重な大きな獣のようだ、といつも思う。

俺はその獣の動きに身をゆだねる。

百キロを超える長いレースはひさしぶりだ。

高低差は大きいが、最後はトラックでのスプリント勝負になる。

正直、櫻井向きではない。パワーのある選手の方が有利かもしれない。

一瞬、たとえば俺のような、と思いかけたが、すぐにその考えを振り払う。過去に、櫻井はスプリントでも勝っている。まったく戦えないわけではない。

どちらかというと、俺の方が短いスプリントでは結果を出していない。挑戦してみてもいいかもしれないと一瞬、思った。たぶんマークされているから、飛び出して勝つのは、もう困難だ。

速度はすぐに上がる。集団の呼吸が熱っぽさを持ち始める。

不思議だった。あれほど、もう一度走るのが怖いと思ったのに、レースに戻った途端、俺は勝つことを考えはじめている。

喉元を過ぎれば熱さを忘れてしまうように。

怖くないわけではない。恐怖はいつも薄皮一枚隔てたところにわだかまっている。はち切れそうになった腫《は》れ物のように、かすかに触れただけでも噴き出すだろう。

だが、まだ弾《はじ》けてはいない。恐怖のありかはわかるが、それを自分で抑えこんでいる。

櫻井が隣に並んだ。殴られた跡はうまくアイウェアによって隠されていて目立たない。

にやりと笑って言う。

「この集団の中の、何人が覚悟を決めていると思う？」

覚悟。そう言われて俺は息を呑んだ。

なんの覚悟かと尋ねる必要などない。櫻井はこの競技が死に繋《つな》がるかもしれないことを知っている。そして俺も。

今、一緒に走っている選手は八十人と少し、そのうち何人までが、死ぬかもしれないと覚悟を決めているのだろう。

怪我をすることくらいは想定しているだろう。だが、死までとなると想像がつかない。

自分は死なないと無邪気に考えている者がほとんどなのではないだろうか。

櫻井は続けて言った。

「でも、道を歩いてたって、車に乗ってたって、結局は同じことや。数秒先に自分が生きている保証なんかない。違うか？」

俺ははっとして、櫻井の顔を見た。櫻井はそのまま、速度を上げて集団の前に進んだ。唇を嚙む。櫻井のしてやったりというような顔が、はっきりと目に焼き付いていた。

彼の言うことは正しい。競技をやめたからといって、死と関わることを避けられるわけではない。

櫻井が続けて言ったような気がした。

――それでもやめるのか。

わからない。少しでも死や他人を傷つけることを避けたいと思う自分は臆病《おくびょう》なのだと考えていた。だが、そうではなく、傲慢《ごうまん》なのかもしれない。

どうやっても死や事故はついてまわる。自分が死なない限り、逃れられるわけではない。

ふいに気づいた。俺は柔道によって、豊を傷つけたわけではない。俺が彼を投げ飛ばし、重い後遺症を与えたわけではない。

俺の後悔は、あのとき教師を止められなかったということで、それは自分が柔道をやっていようがやっていまいが変わらない。

俺はきつくハンドルバーを握りしめた。

まだ、走ることができるだろうか。不安も覚悟も呑み込んで。

集団は走り続ける。逃げグループが発生したが、タイム差は二分も開いていない。

集団は簡単に逃げに追いつくことができるだろう。

集団をコントロールしている強豪校は、わざとスピードを上げずに逃げを泳がせている。

このまま、番狂わせが起こらなければ、間違いなく集団スプリントだ。

俺は櫻井の姿を探した。前に行ったと思っていたが、櫻井は集団の後方にいた。濃い色のアイウェアで表情は見えにくいが、それでもわかった。

かなり苦しそうだ。単に力が出ないのか、それとも脇腹か肋骨が痛むのか。満身創痍《まんしんそうい》と言ってもいい状態だ。集団に残って走るのがやっとだろう。

俺と目が合うと、櫻井は苦々しい顔になった。

その時、櫻井が言ったことばを思い出した。

——でもなあ、ちょっと重いときもあるわ。

——おまえにちょっと押しつけたろうかと思ったんやけど。

——兄貴の亡霊。

そんなもの俺に背負えるようなものではない。

だが、それでも俺が今乗っている自転車には、櫻井の兄のフレームが使われている。会ったこともなく、向こうは俺の存在すら知ることもない。なんの関係もないはずの人間なのに、そのフレームを受け継いで俺は走っている。

ふいに、かすかな違和感を覚えた。

この感覚には覚えがある。俺は片手をあげて後方に合図をした。

ゆっくりと集団から離脱する。前輪のパンクだった。
ついていない。このまま走れそうな気がしたが、メカトラブルには逆らえない。
無理して走っていても、集団から遅れてしまうだろう。
俺は自転車から降りて、後方からくるはずのサポートカーを探した。だが、集団の
すぐ後ろを走っているはずの、サポートカーがいない。
なにかトラブルでもあったのだろうか。だとしたら、あまりにも運が悪い。
舌打ちが聞こえた。あまりにもいいタイミングだったから、自分の舌打ちかと思っ
たほどだ。
はっとして前を向くと、自転車から下りた櫻井がいた。
「櫻井さん……」
この状況で集団から離脱すること、それはイコール、勝負を投げることを意味する。
櫻井は俺を見て笑った。
「今日はおまえの方がまだ可能性ありそうや。だから、この後、おまえをまた集団ま
で連れて行く。今日はそこで終わりや」
そんなことを言う人だとは思わなかった。だが、櫻井はなぜか清々《すがすが》しい顔をしてい
た。

サポートカーはまだこない。俺は一瞬で決断をした。

「櫻井さん。ホイール、俺にください」

このままサポートカーを待つより、その方がまだ絶対に早い。

櫻井はにやりと口を歪めた。

「今回だけやぞ」

櫻井が前輪のホイールを外す間に、俺も自分のホイールを外す。

櫻井がこちらに向かって滑らせたホイールを受け取って、装着する。たった何十秒かの出来事だった。パンクしてからは一分半ほどだろうか。

致命的なタイム差だ。だが、必ずしも挽回《ばんかい》が不可能だとは限らない。

俺はもう一度、自転車に跨り、クリートをペダルにはめた。

櫻井は俺の後ろに回って、思い切り自転車を押した。

その勢いに乗って走り出す。

このまま、遠くに見える集団を追いかける。追いつかなくてはならないとは考えない。確実に追いつけるはずだ。

身体の中の血が、すべて新しくなったような気がした。

決して交わるはずのないものが、どこかで交わった。出会ったこともない櫻井の兄。

櫻井が背負い続けていたものが、俺の背中にも背負わされたように思えた。

もちろん、それは俺の思い込みに過ぎず、櫻井の背負ってきたものが軽くなるはずはない。

それでも、その重さが、今俺を駆り立てている。

人は簡単に壊れてしまうし、死には絶対に逆らえない。

それでも失ったもののために、俺は走ることができるのだ、と。

すべての力を注ぎ込んで、ペダルを踏む。前方の集団が、まるで向こうから近づいてくるように見える。少しずつ大きくなる。近くなる。

俺はゴールに飛び込むような勢いで、集団の尻尾《しっぽ》に追いついた。

集団に混じると同時に、空気抵抗が減って身体が軽くなる。

近くにいた選手がぎょっとしたような顔で俺を見た。

メカトラブルで離脱したからには、絶対にもう追いつけないと思ったのだろう。

俺はボトルを手にとって、水を喉に流し込んだ。

問題はこの先だ。俺はここまで追いつくのに体力を使っていて、一方集団の選手たちは力を温存している。

ここからスプリント勝負で俺が勝てるかどうかはわからない。

だが、ゲームだって難易度が高ければ高いほど、おもしろいではないか。

最後の周回に入ったとき、アナウンスが櫻井のリタイアを告げた。

あの後すぐにリタイアせずに、遅れたサポートカーからホイールをもらってしばらくは走ったのだろう。だが、あまりに遅れてしまうと、自動的に失格になる。

俺はすでに、集団の先頭近くに位置を戻していた。

森脇が横にきて、感嘆するように言った。

「すげえな」

俺はただ笑っただけだった。

先ほど届いていた、豊のメールを思い出す。

今ならば、迷うことなく信じられる。絶対に悪いメールなどではない。

完全にもとに戻ることは難しく、痛みは一生つきまとうにせよ、それでもごくわずかずつでも歩み寄ることはできるはずだ。

そう考えて俺は苦笑した。

自分が悲観的なのか、楽観的なのかわからない。

だが、どちらにせよ、思い描く未来は明るいほうがいい。あとで失望することになったとしても。

このレースだってそうだ。きっと勝てる。俺はひとりで走っているのではないのだから。

スタートの瞬間、鈍重な獣のようだった集団は、ゴールを前にして凶暴な獣へと変化した。

スプリント勝負に参加しようとする者たちの位置取りで、集団は縦長の陣形へ変化する。強豪校のひとつ、日章大が四人で隊列を組んでスピードを上げた。

暴れ馬から振り落とされまいとするように、俺は身体の位置を低くして、ペダルを踏んだ。

風の音とチェーンの音だけが耳に響いている。ほかにはなにも聞こえない。

速度はそのまま意思の力だ。どこまで踏みこたえるか、戦えるか。

俺は俺が望んでここにいる。

前にまだ選手はいて、だから俺は力を緩めない。

少しでも先へ、先へと。

ゴールラインが見えたから、俺は身体ごと前に飛び出す。

櫻井と、彼の兄と一緒に。


気がつけば、俺は自転車ごと、地面に倒れ込んでいた。

真っ青な空と、俺を覗《のぞ》き込んでいる顔が見えるが、目の焦点が合わない。

「生きてるかー」

いささか間の抜けた声と同時に、ぼやけた視界がクリアになっていき、櫻井の顔が判別できた。

「……何位でしたか……？」

「俺？　俺、ＤＮＦ」

そんなことはわかっている。相変わらず腹の立つ男だ。

「……俺、です……」

「三位。残念やったな」

勝てなかったのだとわかっても、気分はひどく爽快《そうかい》だった。

たぶん、できる限りのことはやったからだ。

「……褒めてください」

「アホか。負けたのに、褒められるか、ボケ」

容赦なくそう罵《ののし》られ、俺は情けない顔になったようだ。

「あそこから、集団に追いついて、スプリントに参加しただけでも、頑張ったじゃないですか……」

「そんなん当たり前じゃ。俺のホイール持っていって、負けたんやから許さん。だいたい、パンクするのも、走り方が悪いせいじゃ」

むちゃくちゃを言う。このまま路上に倒れていれば、蹴られそうな気がしたので、よろよろと起き上がる。

全身の力が抜けてしまったような気がした。なんとか自転車を支えながら俺は言った。

「いいです。簡単に勝ちすぎると、来年がつまらないですし」

「おう、言うたな。俺絶対に忘れへんぞ」

まだふらふらする。櫻井は、俺の手からハンドルを奪おうとした。

「ほら、はよ行け。表彰式があるぞ」

ああ、そうだ。三位までは表彰台に上がれるのだ。

だったら褒めてくれてもいいじゃないかと思うが、それもまあ櫻井らしい。

俺は自転車を櫻井に預けた。

「行ってきます」

そう言うと櫻井は目を細めて笑った。

「面倒くさいもん、背負わせたな」

俺は頷く。

「いいです。後輩に、また背負わせます」

もしくは、もう一度櫻井に返すか。

俺たちにはまだ何度でもチャンスはある。

解説

大矢博子

自分を犠牲にしてエースを勝たせるアシストを描いた『サクリファイス』(新潮文庫・以下同じ)、ツール・ド・フランスに出走する日本人選手が主人公の『エデン』、その二作のスピンオフ短編集『サヴァイヴ』。本書はそれらに続く、自転車ロードレースの世界を舞台にしたシリーズ第四作である。

『サクリファイス』が出た二〇〇七年当時、自転車ロードレースの知名度は今よりも低かった。自転車を扱ったフィクションも少なく、コミックでは九〇年代に曽田正人《そだまさひと》の『シャカリキ!』(秋田書店)が人気を博したが、小説で現代の自転車ロードレースを正面から描いたのは『サクリファイス』が最初と言っていい。

専門用語が多くルールが複雑な競技の魅力を、物語の面白さの中で十全に伝えた『サクリファイス』は、大藪春彦《おおやぶはるひこ》賞と本屋大賞二位を獲得。それまでロードレースを知らなかった層に「観《み》てみたい」と思わせた一方、二〇〇八年のツール・ド・フランスの中継の中で紹介されるなどプロからも評価された。

その後、自転車競技はじわじわと広まり、ファンを増やすことになる。少し話は逸《そ》れるが、『サクリファイス』以降のロードレースを取り巻く環境をさらっておこう。

二〇〇九年には世界最高峰の自転車ロードレース、ツール・ド・フランスに新城幸《あらしろゆき》也《や》・別府史之《ふみゆき》のふたりの日本人選手が出走。一桁《けた》順位を含むオールステージ完走という結果にファンは沸いた。CS放送の普及もファンの増加を後押しした。新城選手は二〇一四年まで五回、ツール・ド・フランスに出場・完走し、日本のロードレース界を牽引《けんいん》し続けている。

健康ブームもスポーツタイプの自転車の流行に拍車をかけ、自転車が趣味という芸能人が多くメディアに登場するようになった。二〇一三年からは「さいたまクリテリウム」が開催され、クリス・フルームやペーター・サガンなど世界のトップ選手が毎年来日している。夢のようだ。

そして何といっても立役者は、高校の自転車部を舞台にした渡辺航《わたる》のコミック『弱虫ペダル』(秋田書店)の爆発的ヒットだろう。読者が段階を踏んでロードレースのルールと醍醐味《だいごみ》を理解できるよう計算された構成。キュートな主人公とバラエティに富んだ仲間、妖怪《ようかい》のごときライバルなど個性的なキャラクターが織りなす手に汗握るバトル。アニメ化、舞台化とメディアミックスも進み、多くのファンを獲得している。小説でも『サクリファイス』以降、川西蘭《らん》『セカンドウィンド』（小学館文庫）や高千穂遥《はるか》『グランプリ』（早川書房）など、自転車競技を扱った作品が相次いで登場。競技以外の自転車小説も含めれば、羽田《はだ》圭介《けいすけ》『走ル』（河出文庫）、竹内真《まこと》『自転車冒険記』（河出書房新社）、米津一成《かずのり》『追い風ライダー』（徳間文庫）など、枚挙にいとまがない。

以前からのファンを喜ばせ、新しいファンを獲得した、ここ数年の自転車ロードレース界。選手の活躍やコミックの人気と並んで、小説という手法でブームの先頭に立ち、ブームを「引いた」のが、近藤史恵なのだ。

さて、ようやく『キアズマ』である。

これまでの三作はいずれもプロの世界を描いていたが、今回は大学の自転車部が舞台だ。初心者が戸惑いながらもロードレースを始めるという設定で、競技に馴染《なじ》みのない読者でも身近に引き寄せて読める作品になっている。既刊とはまったく別の話なので（既刊の登場人物がちらりと顔を出す場面もあるが）、本作からシリーズを読み始めるというのもいい。特に『弱虫ペダル』でロードレースに興味を持った読者には、ぜひ本作を手にとってみていただきたい。

一浪して大学に入ったばかりの岸田正樹《まさき》は、エンジンを切っても自転車のように漕《こ》いで進める原動機付自転車モペットで走っている最中、後ろから走ってきた大学自転車部の部員と接触。トラブルの末、自転車部の部長・村上を巻き込んで転倒し、全治十ヶ月のケガを負わせてしまう。

その村上から、自分の代わりに自転車部に入部してほしいと頼まれ、一年だけの約束で入部。ところが初めて乗るロードレーサーに魅せられ、次第にのめり込んでいく――というのが本書の導入部だ。

自転車競技について何の知識もなかった大学生が、初めて乗ったロードレーサーの軽さとスピードに戸惑い、レーサーパンツの下には何も穿《は》かないことにうろたえ、足がつかないことにビビり、ビンディング（シューズをペダルに固定する部品）がはずれずに立ちゴケし、人の後ろについて走ると極端に楽なことを知って驚くという、多くの「自転車初心者あるある」に、思わずにやりとする経験者も多いはず。一方、馴染みのない読者にはうってつけの入門書だ。プロの話では書けなかった「初めてロードレーサーに乗るワクワク」が本書には詰まっている。読者は正樹と一緒に驚いたり戸惑ったりしながら、次第に自転車の虜《とりこ》になっていくだろう。

作中にもあるように「自転車は大学からはじめたって、才能があればプロになれる競技」だ。正樹は部内でめきめきと頭角を表す。クリテリウム（周回コースを使ったレース）やワンデイレース（一日だけで終わるロードレースのこと。対して、複数日を使って積算タイムを競うのがステージレース）など、臨場感に満ちたリアルなレース描写は言うまでもなく天下一品。しかも競技を始めたばかりの半素人《しろうと》の視点で語られるので、心情もテクニックの説明も、既刊よりぐっと読者と距離が近い。アマチュアを舞台にすることで生まれた新たな魅力が、これだ。既刊三冊が「ロードレースを観てみたい」と思わせる作品だったとするなら、本書は「自分も乗ってみたい」と思わせる作品なのである。

さて、本書にはもうひとつ、プロの世界が舞台では書けない重要なテーマがある。「なぜそこまでして走るのか」だ。

正樹は中学時代、柔道部にいた。しかし練習中の事故で同級生の豊《ゆたか》が大けがを負い、重い障碍《しょうがい》が残った。正樹は豊に負い目を感じつつ、友達付き合いを続けている。

スポーツは時として大けがを招く。特にロードレースは落車に巻き込みでもしたら、自分だけではなく、他人にケガをさせる――最悪、死なせてしまうリスクがある。事実、過去のロードレースでも死亡事故は一度ならず起きているのだ。

　そんなリスクを背負ってまで走る意味はどこにあるのか。障碍を抱えた豊を見るにつけ、再び危険なスポーツを始めてしまったことに正樹は悩む。落車が怖くて、走れなくなる。

　スポーツのリスクという問題は、何もロードレースに限ったことではない。けれど近藤史恵が自転車ロードレースを通してこのテーマを描いたのには理由がある。

　ロードレースが独特なチーム競技である、ということが鍵《かぎ》だ。

　ロードレースには、チームに「エース」がいる。他のメンバーは、このエースを優勝させるためのアシストだ。チーム全員で勝つのではなく、チームの中の特定のひとりを勝たせる競技なのである。エースをトップでゴールさせるため、アシストたちは途中で力を出し切って次々と脱落していく。完走できない者もいる。それでもエースが勝てば、アシストたちにとってもそれが勝利となるのだ。

　だからアシストたちは、脱落するとき、思いをエースに託す。山でエースを引いたクライマーが後ろに下がるとき、ゴール手前までエースを引いたアシストが最後の最後でエースを前に押し出すとき、その思いが交差し、繋《つな》がる。クライマーやアシストの「俺の分まで乗せて行け！」という思いを受け継いで、エースはゴールするのだ。

思いが交差し、と書いた。本書のタイトルでもある「キアズマ」とは、ギリシャ語で交差という意味だ。同時に生物学用語でX字型に染色体の交換が起こった部位を示す。X、交差――つまり、何かと何かの出会いを表す言葉なのだ。

正樹と豊の人生は、不幸な形で交差した。だがそれをロードレースに喩《たと》えるなら、正樹が豊の思いを背負って進む責任が生まれた、ということになる。

いくら責任を感じても、正樹が豊と代わってやることはできない。これは自転車部の上級生・櫻井《さくらい》の過去（何かは本編で読まれたい）も同じだ。正樹も櫻井も、これまでの人生で「リタイヤ」を余儀なくされた人物と交差している。だが、人生という名のレースをたとえ完走できなくても、たとえ途中でコースアウトしても、自分の思いを背負って走ってくれる人がいるなら、思いは繋がるのではないか――それが本書のテーマだ。だから本書はロードレース小説として書かれたのである。

思いを背負った結果、走れなくなった正樹。無理をしてでも走り続けようとする櫻井。その違いにも注目してほしい。これは仲間の思いを背負うことに、潰《つぶ》されるか耐えるかの物語なのである。そして、耐えて走って初めて、その思いは「繋がる」のだ。

思いを繋げて、どんなゴールを目指すのか。正樹はまだゴールは見つけられていない。しかし少なくともスタートラインには立った。立てた。

交差する人生。受け継がれる思い。エースとアシストの関係を核にした『サクリファイス』では、エースがアシストの思いを背負って走った。本書はレースの外で、正樹や櫻井が誰かの思いを背負って走る。レースの外か内かの違いだけで、本書のテーマは『サクリファイス』と同じなのである。

さて、本書は正樹の一年次だけで話が終わっている。まだ彼の大学生活は続くので、きっといつか、ゴールを見つける正樹が読めるものと信じている。また、『サクリファイス』『エデン』で活躍した白石誓《ちかう》のその後が気になっている読者も多いだろう。雑誌連載されているシリーズ次作『スティグマータ』が一冊にまとまるまで、しばしお待ちいただきたい。

近藤史恵もまた、読者の思いを託されて走っている。このシリーズが四作まで続いているのは、読者のアシストが無関係ではない。そのアシストはまだまだ続くだろう。今から次の作品が楽しみでならない。

（二〇一六年一月、書評家）

この作品は二〇一三年四月新潮社より刊行された。

近藤史恵著　サクリファイス　大藪春彦賞受賞

自転車ロードレースチームに所属する、白石誓。欧州遠征中、彼の目の前で悲劇は起きた！　青春小説×サスペンス、奇跡の二重奏。

近藤史恵著　エデン

ツール・ド・フランスに挑む白石誓。波乱のレースで友情が招いた惨劇とは――自転車競技の魅力疾走、『サクリファイス』感動続編。

近藤史恵著　サヴァイヴ

興奮度№1自転車小説『サクリファイス』シリーズで明かされなかった、彼らの過去と未来――。感涙必至のストーリー全6編。

瀬尾まいこ著　天国はまだ遠く

死ぬつもりで旅立った23歳のOL千鶴は、山奥の民宿で心身ともに癒されていく……。いま注目の新鋭が贈る、心洗われる清爽な物語。

瀬尾まいこ著　卵の緒　坊っちゃん文学賞受賞

僕は捨て子だ。それでも母さんは誰より僕を愛してくれる――。親子の確かな絆を描く表題作など二篇。著者の瑞々しいデビュー作！

瀬尾まいこ著　あと少し、もう少し

頼りない顧問のもと、寄せ集めのメンバーがぶつかり合いながら挑む中学最後の駅伝大会。襷が繋いだ想いに、感涙必至の傑作青春小説。

新潮社ストーリーセラー編集部編

Story Seller annex

有川浩、恩田陸、近藤史恵、道尾秀介、湊かなえ、米澤穂信の六名が競演！　物語の力にどっぷり惹きこまれる幸せな時間をどうぞ。

新潮社ストーリーセラー編集部編

Story Seller

日本のエンターテインメント界を代表する7人が、中編小説で競演！　これぞ小説のドリームチーム。新規開拓の入門書としても最適。

新潮社ストーリーセラー編集部編

Story Seller 2

日本を代表する7人が豪華競演。読み応え満点の作品が集結しました。物語との特別な出会いがあなたを待っています。好評第2弾。

新潮社ストーリーセラー編集部編

Story Seller 3

新執筆陣も加わり、パワーアップしたラインナップでお届けする好評アンソロジー第3弾。他では味わえない至福の体験を約束します。

新潮社ミステリーセラー編集部編

Mystery Seller

日本を代表する8人のミステリ作家たちの豪華競演。御手洗潔、江神二郎など人気シリーズから気鋭の新たな代表作まで収録。

朝井リョウ・飛鳥井千砂・越谷オサム・坂木司・徳永圭・似鳥鶏・三上延・吉川トリコ著

この部屋で君と

腐れ縁の恋人同士、傷心の青年と幼い少女、妖怪と僕!?　さまざまなシチュエーションで何かが起きるひとつ屋根の《ふたりぐらし》下アンソロジー。

垣根涼介著

ワイルド・ソウル（上・下）

大藪春彦賞・吉川英治文学新人賞・日本推理作家協会賞受賞

戦後日本の〝棄民政策〟の犠牲となった南米移民たち。その息子ケイらは日本政府相手に大胆な復讐劇を計画する。三冠に輝く傑作小説。

垣根涼介著

君たちに明日はない

山本周五郎賞受賞

リストラ請負人、真介の毎日は楽じゃない。組織の理不尽にも負けず、仕事に恋に奮闘する社会人に捧げる、ポジティブな長編小説。

垣根涼介著

借金取りの王子

―君たちに明日はない2―

リストラ請負人、真介に新たな試練が待ち受ける。今回彼が向かう会社は、デパートに生保に、なんとサラ金!?　人気シリーズ第二弾。

垣根涼介著

張り込み姫

―君たちに明日はない3―

リストラ請負人、真介は戦い続ける。ぎりぎりの心で働く人々の本音をえぐり、仕事の意味を再構築する、大人気シリーズ！

垣根涼介著

永遠のディーバ

―君たちに明日はない4―

リストラ請負人、真介は「働く意味」を問う。CA、元バンドマン、ファミレス店長に証券OB、そしてあなたへ。人気お仕事小説第4弾！

真保裕一著

ホワイトアウト

吉川英治文学新人賞受賞

吹雪が荒れ狂う厳寒期の巨大ダムを、武装グループが占拠した。敢然と立ち向かう孤独なヒーロー！　冒険サスペンス小説の最高峰。

恩田陸著

六番目の小夜子

ツムラサヨコ。奇妙なゲームが受け継がれる高校に、謎めいた生徒が転校してきた。青春のきらめきを放つ、伝説のモダン・ホラー。

恩田陸著

ライオンハート

17世紀のロンドン、19世紀のシェルブール、20世紀のパナマ、フロリダ……。時空を越えて邂逅する男と女。異色のラブストーリー。

恩田陸著

図書室の海

学校に代々伝わる〈サヨコ〉伝説。女子高生は伝説に関わる秘密の使命を託された――。恩田ワールドの魅力満載。全10話の短篇玉手箱。

恩田陸著

夜のピクニック

吉川英治文学新人賞・本屋大賞受賞

小さな賭けを胸に秘め、貴子は高校生活最後のイベント歩行祭にのぞむ。誰にも言えない秘密を清算するために。永遠普遍の青春小説。

沼田まほかる著

九月が永遠に続けば

ホラーサスペンス大賞受賞

一人息子が失踪し、愛人が事故死。そして佐知子の悪夢が始まった――。グロテスクな心の闇をあらわに描く、衝撃のサスペンス長編。

沼田まほかる著

アミダサマ

冥界に旅立つ者をこの世に引き留める少女、ミハル。この幼子が周囲の人間を狂わせる。ホラーサスペンス大賞受賞作家が放つ傑作。

安東能明著
強奪 箱根駅伝
生中継がジャックされた——。ハイテクを駆使して箱根駅伝を狙った、空前絶後の大犯罪。一気読み間違いなし傑作サスペンス巨編。

安東能明著
撃てない警官
日本推理作家協会賞短編部門受賞
部下の拳銃自殺が全ての始まりだった。警視庁管理部門でエリート街道を歩んでいた若き警部は、左遷先の所轄署で捜査の現場に立つ。

安東能明著
出署せず
新署長は女性キャリア！ 混乱する所轄署で本庁から左遷された若き警部が難事件に挑む。人間ドラマ×推理の興奮。本格警察小説集。

原田マハ著
楽園のカンヴァス
山本周五郎賞受賞
ルソーの名画に酷似した一枚の絵。秘められた真実の究明に、二人の男女が挑む！ 興奮と感動のアートミステリ。

道尾秀介著
向日葵の咲かない夏
終業式の日に自殺したはずのS君の声が聞こえる。「僕は殺されたんだ」。夏の冒険の結末は。最注目の新鋭作家が描く、新たな神話。

横山秀夫著
深追い
地方の所轄に勤務する七人の男たち。彼らの人生を変えた七つの事件。骨太な人間ドラマと魅惑的な謎が織りなす警察小説の最高峰！

宮部みゆき著 **模倣犯**
芸術選奨受賞（一～五）

邪悪な欲望のままに「女性狩り」を繰り返し、マスコミを愚弄して勝ち誇る怪物の正体は？著者の代表作にして現代ミステリの金字塔！

湊かなえ著 **母性**

中庭で倒れていた娘。母は嘆く。「愛能う限り、大切に育ててきたのに」――これは事故か、自殺か。圧倒的に新しい〝母と娘〟の物語《ミステリー》。

米澤穂信著 **儚い羊たちの祝宴**

優雅な読書サークル「バベルの会」にリンクして起こる、邪悪な5つの事件。恐るべき真相はラストの1行に。衝撃の暗黒ミステリ。

誉田哲也著 **アクセス**
ホラーサスペンス大賞特別賞受賞

誰かを勧誘すればネットが無料で使えるという「2mb.net」。この奇妙なプロバイダに登録した高校生たちを、奇怪な事件が次々襲う。

恒川光太郎著 **草祭**

この世界のひとつ奥にある美しい町〈美奥〉。その土地の深い因果に触れた者だけが知る、生きる不思議、死ぬ不思議。圧倒的傑作！

坂木司著 **夜の光**

ゆるい部活、ぬるい顧問、クールな関係。天文部に集うスパイたちが立ち向かう、未来というミッション。オフビートな青春小説。

新潮文庫最新刊

熊谷達也著
海峡の鎮魂歌《レクイエム》
海が最愛の人を奪ってゆく――。港湾の町・函館に暮らす潜水夫・敬介は、未曾有の悲劇に三度、襲われる。心ゆさぶる感涙巨編。

船戸与一著
大地の牙
―満州国演義六―
中国での「事変」は泥沼化の一途。そしてノモンハンで日本陸軍は大国ソ連と砲火を交える。未曾有の戦時下を生きる、敷島四兄弟。

玄侑宗久著
光の山
芸術選奨文部科学大臣賞受賞
津波、震災、放射能……苦難の日々の中で、不思議な光を放つ七編の短編小説が生まれた。福島在住の作家が描く、祈りと鎮魂の物語。

笠井信輔著
増補版 僕はしゃべるためにここ(被災地)へ来た
震災発生翌日から被災地入りした笠井。目の前のご遺体、怯える被災者たち。そのとき報道人は何ができるのか――渾身の被災地ルポ。

柳田邦男著
終わらない原発事故と「日本病」
東京電力福島第一原発事故を、政府事故調の一員として徹底検証。血の通った人間観を失いつつある社会に警鐘を鳴らす渾身の一冊。

NHK ETV特集取材班著
原子力政策研究会100時間の極秘音源
―メルトダウンへの道―
原発大国・日本はこうして作られた。「原子力ムラ」の極秘テープに残された証言から繙く半世紀の歩み。衝撃のノンフィクション。

キアズマ

新潮文庫　こ－49－4

平成二十八年三月一日発行

著者　近《こん》藤《どう》史《ふみ》恵《え》

発行者　佐藤隆信

発行所　株式会社　新潮社

郵便番号　一六二―八七一一
東京都新宿区矢来町七一
電話　編集部(〇三)三二六六―五四四〇
　　　読者係(〇三)三二六六―五一一一
http://www.shinchosha.co.jp

価格はカバーに表示してあります。

乱丁・落丁本は、ご面倒ですが小社読者係宛ご送付ください。送料小社負担にてお取替えいたします。

印刷・大日本印刷株式会社　製本・株式会社植木製本所

ISBN978-4-10-131264-4 C0193